過來抱一下

忘遇珍——著

給所有讀者：

「永遠都要記得，你就是溫暖本身。」

目次

黎明將至

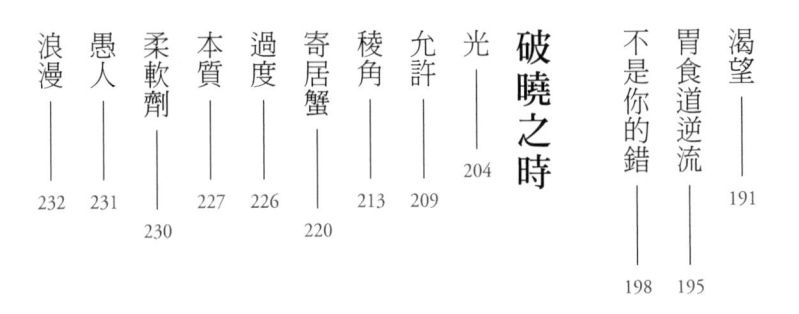

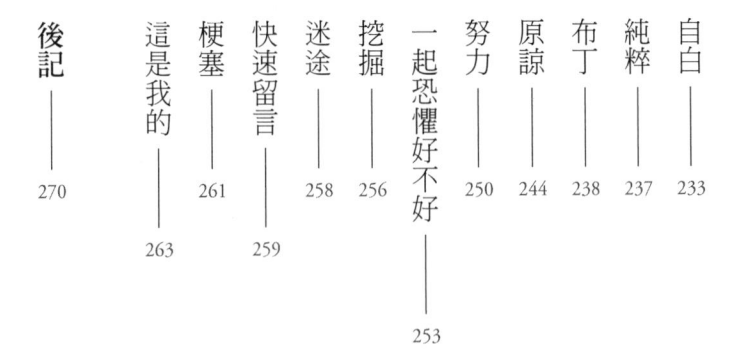

本書使用方式

一本書大家會不會真的從自序看起？我通常是會的。

我總覺得自序是一本書最核心的地方，有時候談與寫書有關的心路歷程，有時候是一些近期的感悟，但看過這麼多自序，都是飽含情感的。這是我第一本出版著作，可想而知，我的廢話應該會蠻多的，像我平時在instagram分享的近期生存報告那樣的流水帳。我知道現代人沒什麼耐心，我時常也是如此，但還是想溫馨提醒你們，可以閱讀一下我為我人生第一本書所寫的導讀。往常的導讀單元總是介紹許多我喜愛的作者和文字，這是第一次可以用這樣的形式介紹自己的書，我很興奮！也很用心！請安頓好一顆心，花個幾分鐘看我廢話一下，我會很開心的！你也可以在跟我分享的時候，很驕傲地說：「我有認真看完自序裡的導讀喔！」我會覺得你真的超棒的。

我其實也不知道該如何定義這本書，它是什麼文體，又該是什麼樣子。我不擅長使用華麗的文藻，也沒有多豐厚的文學底蘊，還很喜歡用注音文來掩飾某些尖銳的所在。時常將文字當成載體，承載我許多情緒和感受。我只知道這些文字都是我，而我的許多也透過文字展露在他人面前。這可能不是一本可以給你很多知識和震撼的書，它其實就是一本平凡的書，記錄著一個平凡人的生活和經歷，但我願這本書能在你需要的時候，帶給你踏實的溫暖。我們每個人都是一個人來到這個世界，最後一個人走，但這中間過程肯定有許多存在陪伴在身旁。倘若沒有，也希望你能因為擁有這本書而慶幸，希望你能因為這些文字，在某些時刻不感到孤單，因為在這偌大的世界裡，也有人與你擁有相似的經歷或相似的感受。所以不要害怕，你一定可以抵擋一切萬難，你一定可以踏過風雨，成為更不一樣的自己。

導讀單元是我在instagrm分享的主軸，於是我也想給這本書做個導讀。

這本書分成三個單元，分別是〈黑夜來臨〉、〈黎明將至〉、〈破曉之時〉，你可以把它看成一個成長的過程。

如同章名，〈黑夜來臨〉裡收錄的都是一些關於悲傷、分離的故事和經歷，如果你是跟我一樣感情比較豐沛，流過的眼淚可以收集成水庫的人，這個單元你可能需要準備好一包衛生紙跟兩公升的水搭配使用。

記得！要大哭大鬧、大吼大叫當然也是可以的，但哭完之後要熱敷雙眼，然後好好睡一覺，擁有一個神清氣爽的隔日。

〈黎明將至〉收錄的是在歷經分離、失去之後的感悟，大多是我處於一個改變期掙扎的紀錄，如果是我，在讀這個單元時會買一杯奶茶，奶精的那種。當然你也可以喝牛奶，或選擇一杯你喜歡的飲料，準備半包衛生紙，或者喉糖，因為你可能會邊看邊被我的自我糾結氣得半死，而對著書鬼吼鬼叫。喝點甜甜的有助心情穩定，至少我是如此的。

〈破曉之時〉則是收錄一些與少女情懷有關的，白話來說，可能是剛談戀愛、戀愛腦在線的時候寫下的文字，還有一些成長後期的感悟。如果你跟我一樣是一個不愛甜食的人，那可以在睡前閱讀這個章節，至少不會讓你情緒太過低落，只是不知道會不會有亢奮的問題？

關於我的奇特使用方式：我通常不是一個循規蹈矩從第一頁依序看到最後一頁的人。不知道大家知不知道幾年前很紅的《解答之書》？它是一本工具書，在心中默想問題，然後翻開書看解答。準確率不談，於我而言就是一種趣味。我閱讀的方式也和此相似，通常是隨機翻開其中一篇讀。有時候很奇妙，讀到的那篇竟然會跟當時困擾我的事件有相似之處。時間有限的話，你可以使用跟我一樣的方式單獨閱讀一篇，時間充足的話，你可以依序在這三個章節裡各閱讀一篇，會有開始、過程，然後結束的完整感。

謝謝你耐心看我鬼話連篇到這裡，謝謝你把這本書帶回家成為書櫃裡的一員，更謝謝你看見我，找到我。希望這不是一本太讓你失望或生氣的書，願我們無論做了什麼，即便當下沒能得到自己心中所想的，也別沮喪或傷心，因為一切都有最好的安排，適合的一切都會在最完美的時機到來。

ᘐᘓ

對了，忘記說：「記得喜歡你自己。」

讓我們透過這本書一起探索自己，一起練習喜歡自己。

黑夜來臨

有很多無助的時刻，
感覺自己像是一隻被
刨去鱗片丟上岸的魚。

玻璃製品

0

每一次的挫敗後，我總會想起她對我說過的那句話：「在妳還沒交付那些低落情感之前，都不要愛上那些人。」他人所見的表淺，也僅是我們為了讓他人所見而展現的那些，你不能責怪他人的不理解，也不要試圖從錯誤中尋找答案來苛責自己。愛一直都是純粹的，這是無論歷經多少失敗的關係和痛苦，我都仍願堅定相信的一件事。

是我把它變得太複雜了。我沒有辦法在愛一個人之前，不去考慮那些關係更深入時可能會牽連的痛苦和改變，也沒有辦法不去過度地擔憂那些深處的惡和醜陋會如何被看待。有好長一段時間裡，我是真的打從心裡認為自己不配得到那所謂最純粹的愛，所以我也無法跟任何人說。

截至目前為止，我究竟有沒有被純粹地愛過？還是一切都僅是害怕寂寞而產生的衝動、激情下荷爾蒙的作祟，抑或是利益衡量下的抉擇？

但我也曾經，僅是渴盼一個人的陪伴、一個家庭的溫暖、一段關係帶來的改變；我也曾是那樣不問結果、飛蛾撲火地去愛；我也曾一次又一次義無反顧地託付和信任；我也曾相信全心地交予就能不再循環被拋棄的課題。

但愛從來都是，純粹得那麼複雜。

1

我是一個總被眼淚支配的人。無論是快樂、悲傷、憤怒的事，在大腦和理智都還來不及反應、控制的時候，它反射性地就會從眼眶流出。

心理學家榮格曾提出一個兒童原型的理論，那是第一次看到「內在小孩」這四個字。童年時期，我們的照顧者（例如父母）的言行會在無形中影響我們，那些童年時期所經歷的一切好壞、感受和事件都會累積，成為我們內在小孩的原型，進而在成年後影響著我們的認知、情感和各種關係。

所以人們都說，成長過程中未被滿足的都會反映在成年後。於是成為了一個努力讓自己看似堅固，卻敏感、脆弱，總是一摔就碎的玻璃製品，我甚至找不到一個與我一樣，既極端又矛盾的物種。

他們總說：「有什麼好哭的？」「妳太敏感了。」「這有什麼？」

所以做得最多的是一個人躲起來，在沒有人看得見的地方——棉被裡、廁所、黑暗狹窄的空間——不發一語地流淚。日復一日地積累，你會從一個不明白自己錯在哪的小孩，逐漸變成一個擅於過度檢討自己的大人。

在你對這個世界懵懂之初，沒有人會教你如何處理情緒、如何找出答案，他們永遠只告訴你：你還不夠好、你還能更好，你不能為自己的成就自喜，你永遠都是匱乏的……像是一個破掉的袋子，可以裝載任何物品，但最後又什麼都留不住。

那些痛苦並沒有因為體積縮小，濃度就變淡。我只能一次又一次把自己塞回那個狹窄不已的空間，一個人承受那些不被接受的情緒、一個人擁抱那個不被接受的自己。有好幾次、好幾次，我都會想著，如果人們是因為相愛而依偎在一起，怎麼會產出一個自己不愛的怪物？

成年後，我擁有了控制自己人生的權力，以為能因此擺脫那些陰影，做自己想做的，展現自己真實的樣子跟情緒。後來遇見了她們，她們卻說：「妳是不是以為哭就贏了？」「我不知道怎麼面對妳的情緒。」「妳能不要哭了嗎？」她們既心疼我，也害怕我。

初次自我揭露的時候，她們都說心疼我，無論是那些經歷、那些情緒，還是那些眼淚，但最後都因相似的原因離去——她們比我還害怕我的眼淚。才發現原來人都是相似的，我們總是難以解決與自己有關但卻不屬於自己的負面情緒，因此下意識地牴觸它。

不被接納，是一件很傷人的事，但有些利刃存在，並非為了傷人。儘管你明白，這些情緒僅是一時的狀態；儘管你明白，這些情緒只是某些事件的衍生物、只是某些過往傷害未被療癒而遺留的副作用。不是為了把它當武器拿來傷害任何人，也不是為了控制而用來勒索任何人，但仍在自己無法控制的狀態裡失衡……你無法否認，這樣的自己，這些無法控制的眼淚，為他人帶來了一定程度的困擾。

長達十年，我感覺自己泡在淚水裡，一顆心，終日脫水，乾癟不已，所以我不會愛人，我只知道，想要被愛，那就要用給予來換取。人們得到自己所想要的之後，會展現欣喜，會表達對你的需要，會讓你有一剎那覺得自己是有價值的，自己的存在是必要的，而耽溺於其中，會以為那就是愛，而不是另一種形式的利益交換。但其實那就是不健康的心態，和一段病態的關係。

2

如果我說，那不是一份圓滿的愛，
但已是我能給出的最多，你能不能相信？

有時我像是一組艱澀難懂的詞彙，
有時又像是字裡行間多餘的贅字。

易碎品

0

有好長一段時間，我感覺自己既混濁又透明。

那時候我總感覺自己是易碎的玻璃製品，用了很多氣泡紙一層又一層地將自己包裹在中間，好像那樣就可以感到安全。我總是有種錯誤的期待，好像在上面貼上「易碎品，此面朝上」的警示標籤，就能真正地得到他人的保護跟珍惜，直到那個等了很久才飄洋過海來到手中的包裹被拆開的剎那，我看見裡面碎得亂七八糟的碗盤，才突然懂了。那是不切實際的期待——把期待放置在他人身上，是不切實際的。

並不是說這世界上真的沒有人做得到，但你不要將這樣的期待投射在他人身上。他人的一切永遠是不可控的，你也不該試圖去控制，別人給你的，他永遠有權力可以拿走，但你給自己的，別人不一定能連根拔起。當然負面的一切，也並不是靠很多很多愛就一定能被削弱的。

1

有一陣子，我受不了空白，受不了安靜的環境，下班第一件事總是先把電視打開，或者頻繁地與不在我生活中的人對話。幾個小時過了，我發現我根本不知道電視播了什麼節目，也不在乎那些人說了什麼、我又回了些什麼，一直處於放空的狀態。直到關上燈躺在床上，發現大腦還在運轉——它好像壞掉了，卻老舊得連強制關機的按鈕都沒有，我只能眼睜睜地看著它當機，直到天亮，仍無睡意。

那天朋友們在討論周遭的人，謝突然說如果是她的話，她會想要林當她的女朋友，因為她很會撒嬌；而陳適合當老婆，因為她很懂得精打細算。我將那甜膩的蛋糕吞下肚，好奇地脫口而出：「那我呢？」她思考了一下，有些難為情地說，妳太敏感細膩了，我覺得我可能承接不住。我無法否認當下有些失落的心情，但我不明白那樣的心情是出自哪裡？是因為我不是被選擇的那一個，還是在當時的情境中，我覺得敏感細膩變成一種負面的標籤，死死地貼牢在我身上，硬是撕下還會殘膠的那種。即使我從來都沒有過度期盼自己能被誰接住，但卻忽視了這樣的我也可能無意識地造成他人的壓力和傷害。

於是那天之後，我就一直想著這些問題：該如何不想太多，以及不那麼易碎。後來卻發現，也許一開始我思考的方向就是錯誤的——這些問題的核心是不要想太多，但我卻不知道花費了多少個夜晚在想這些事。會不會其實我從頭到尾要想的，都不應該是如何修正自己，好讓自己成為一個適合誰的模樣——我為什麼要這麼做呢？為什麼我應該做的不是去接納、了解自己？那些問題背後的恐懼究竟是什麼，會不會其實我也很害怕——

害怕那些我在乎的人，可能真的不如我想像中那麼值得我在乎。

2

生日出遊的最後一天不太順利。回程的路上天公不作美，下起了大雨，於是取消了原訂要去農場的行程，準備打道回府去吃飯，又因為來不及下交流道而在高速公路上新北半日遊。好不容易吃完飯了，原本時間都還綽綽有餘，卻因為夜晚視線不佳，連連錯過好幾個交流道，一路開到桃園機場。

潘因為這樣很暴躁，我其實也是。那時候感覺有千斤重的石頭壓在我胸口，一邊幫忙看地圖，一邊想著等等時間不夠的話該怎麼做才能讓她趕上高鐵。我想起那些我下不了交流道和朋友互相指責的日子，實在過於難受。情緒是可以被解決的存在，但傷害造成是很難抹滅的，「當你不想這樣被他人對待的時候，就不要用那樣的方式去對待他人。」我突然想起這句話。

她顯得焦躁不安，我不斷地安撫她，跟她說沒有關係、冷靜下來，這裡該直走，幾公里後要靠右下交流道，我們可以重回正常軌道的，不要擔心。我想這應該是我從前做不到的事，那時的我大概也會一起慌亂，然後互相影響情緒，而發生口角吧。原來一切都是可以調整的，原來我是比自己想像中還要穩定的人。

這個過程，讓我想起我的爸爸。那些陰晴不定的日子，我總是不愛坐副駕，一個人坐在後座戴著耳機，甚至沒有音樂在播放，但我就是不想說話，不想要有任何交流，好像封閉一切管道，就沒有東西可以影響、傷害到我。但其實不是這樣的，那些還是會留存在原有的管道裡，每一次的封閉、拒絕，都不足以消弭這一切。我討厭容易焦躁的人，但我也是這樣的人，甚至更嚴重。也許我渴盼的不是一個情緒穩定的父親，也不是一個穩定的愛人，而是那個內在平靜的自己。

所有的一切，僅是我內在的投射而已。

3

我想我應該試著去接受。

不要因過度防衛而攻擊他人不同的感受和見解，不要那麼用力地想為自己辯駁什麼。我也許應該更尊重他人的想法，但不需要去全盤接受他人對自己的評價。

你是如何的人、你的本質是什麼樣子，從來都與他人無關。能夠在乎他人、照顧他人感受是一件好事，但讓他人成為自己的核心，甚至價值的來源，只會讓自己成為一艘隨時都會被浪打翻，卻連槳跟救生圈都沒有的小船，任由浪來、任由浪打，在海上載浮載沉，最後溺斃。

不要被你的恐懼、焦慮和潛意識操控。那些正發生的一切，也許都是被這些夜以繼日的負向思考吸引來的。每一次你的渴盼，都在透露你的匱乏與病態的需求，但那些讓你強烈盼望的一切，也許從來都不是你真正需要的。

4

所以你真正需要的，到底是什麼？

脆弱的人，有他活下去的方式，
請不要指責他只是一件看起來堅固卻禁不起撞擊的玻璃製品。

藏

更年輕一點的時候，逃避痛苦的行為特別明顯。大量的社交活動、進入新的生活圈、不留一點白的生活，諸如此類的行為不勝其數。

才發現那舊舊的自己裡藏了很多新的樣子。比起與他人一起逃避痛苦，現在更喜歡獨自咀嚼，更能夠坦誠地攤開自己，直視一片乾燥上的濕意，開始領悟那些事物到來的意義，而不是一味地否定，將一切打翻，再歸咎於自己身上。

有那麼多過錯，但不應該全是我的錯；又或者，那些也談不上過錯，只是階段性的選擇而已。

漫長人生裡，怎麼可能沒有選擇呢？尤其是交錯的那一剎那。

其實也很想好好地被愛，但發現只要被愛我就容易恐慌，
容易患得患失。

於是發現最好的平衡方式竟是，僅去愛而不被愛。

拯救

有沒有可能，有些人去愛並不一定是渴求得到對方的愛，或者對方值得擁有自己的愛，更多時候是渴盼能夠找尋到自己身上缺失的一角，抑或是可以從愛的過程，一次又一次地肯定自身的價值。匱乏的感受讓人痛苦，於是找個地方安放那些無處可去的感情，認為付出就是愛了，認為能夠給予什麼的自己就是完整的，但時常是補一塊、缺一塊，永遠都補不圓滿。時常追尋，時常迷惘，時常讓自己深陷泥濘，而不知原來這一切都不是自己要的，所以才會不快樂，才會不管怎麼愛都痛。

會不會太過用力的愛，都是來自匱乏；會不會那些毫無底線的退讓，都是來自恐懼。

再更年輕一點的時候，我幾乎是把所有的精力都放在關係的建立，尋找能愛之人，而不是所愛之人。那個階段裡，我甚至無法愛在關係裡太健康的人，那種出生於健全家庭，並沒有太多所謂瑕疵的人。我曾反覆思量過這個問題，也許是因為從他們身上，我總會看見自己的陰影——被光照亮下顯現出的陰影——它是那麼立體與具體。那道光總是照得我無所遁形，這令我恐懼不已。

可能很多時候我們都在找尋和自己相似的人，有相似的黑暗，相似的影子，相似的心事，以為重合的地方更多，就可以感覺不那麼孤獨。才發現這就像是套錯公式的數學題目，怎麼修正、怎麼驗算，永遠都是錯誤的答案。原來從一開始就是錯的，每個人都有各自的黑暗，每個人都有不能讓任何人進入的空間，那些我們渴望被理解卻又害怕被靠近的一部分。

以為遇見一個能與自己身上缺角相符的對象，就能得到所謂的完整，但總是在這樣的過程中，越愛越破碎。其實心裡比誰都還明白，我所缺失的那塊，就是所謂的愛。不擁有愛的人，如何懂得去愛，懂得將他人的愛安置在正確的位置上？如此一想，終於願意停下腳步去正視這個自己。

去愛是需要能力的，被愛亦是。如何懂得在觸碰愛的時候，不再尖銳以待，不再輕易感到自卑，不再總是一味將自己放在低處、給予給予再給予，總像以物易物般，想用付出換取所謂的愛——真正的愛，並不是交換來的。

愛，僅是因你的存在本身即是美好。

枯木

有些人的孤獨，像是樹林中一棵光禿的樹，顯目而突兀。有些人的孤獨，像是大賣場中被包裝完整的洋蔥，回到家剝開後才發現裡面是早已腐爛的莖葉。

長大以後發現，包裝像是少不了的儀式，就像出門需要穿上外衣般。儀式並不是一開始就存在的，卻在一次又一次的反覆實施後，滲透、擴散、蔓延，最終成為本身，無法分離。

很多時候，孤獨是一眼無法望穿的。不知道你們有沒有發現，我們總是會下意識地做很多事來掩蓋那些不想被發現的地方。像是我很喜歡在熱鬧的場合坐在角落，就只是靜靜地看著人來人往，那些社交面具、語言。在那樣的時刻，我覺得人類真的是好累人的動物，我們時常偽裝，只因害怕最深、最赤裸的自己被看穿；卻又在某些時刻，渴盼有人能揭穿這些假面、理解自己的孤獨，渴盼共鳴，渴盼真正的貼近。

破碎有時候就是這樣一回事。

即便知道有很多人喜歡著自己，卻還是喜歡不了自己。

初戀

嚴格來說那是我的初戀，雖然不到一個月就告終了。

但很久以後我仍會想起那段時光，台南往返嘉義的莒光號，坐在沒有避震的腳踏車後座，夏日的陽光總是很刺眼，即使流了滿身的汗也感覺無比幸福，躺在她的床上，望著她貼滿夜光星星的天花板，一起聽著廣播電台，蓋著同一條棉被，在指尖觸及到她掌心那一刻的悸動，最多的接觸僅是接吻，沒有其他。

那樣單純且一心一意的感情，對現在的我來說已是奢侈。

有的時候我會疑惑，人為什麼會越活越倒退？年輕時敢愛敢恨，即便時常提得起而放不下，但也總願意表達愛，不論過程、不問結果，只求問心無愧。隨著年紀的增長，對表達感情開始有了抗拒，像是拔河比賽一樣，在過程中一推一拉，誰都不願意先開口、誰都不願意洩露一點情意。是因為「先愛的人就輸了」這句現代速食愛情語錄嗎？還是因為經歷得太多，反而瞻前顧後不敢輕易前行？

那時候分手的原因是因為她還放不下前女友。我哭得肝腸寸斷，雖然這樣形容多少有點誇飾法的成分在，但確實足夠傷心，幾乎是寢不能寐、食不下嚥的程度。多年後我們又重新聯繫上，她恰巧來我家鄉工作，給我送了生日蛋糕和一盒OK蹦。我疑惑地看她，她說：「保護好自己，不要再這麼輕易讓自己受傷了。」那時剛好經歷第二段感情的分手，我會心一笑，忍不住回：「這盒OK蹦倒是遲了很多年啊。」她的臉漲紅，一路蔓延到耳根。

現在的我鮮少搭乘莒光號了，嫌車程太長、人滿為患，也受不了夏日的豔陽高照，代步工具從腳踏車變成了機車或汽車；除了接吻，也會做其他深入的接觸。當初那樣很純粹愛一個人的心，好像也不復存在了。

我是可以更懂得保護自己的，但也明白一旦真的這麼做了，恐怕也很難再進入一段關係了。

其實一段關係，無論親情、友情，還是愛情，都是某種程度的交換。像是為了讓我呱呱墜地，媽媽懷胎九個月飽受生產煎熬，換取我來這世界體驗生活的機會；像是《小王子》裡說的：「如果你想要與人產生羈絆，就要承受流淚的風險。」也許人生就是一場又一場的冒險，不去經歷，我們永遠不會知道前方有什麼，也會失去很多意義。

所以不要逃避受傷，有的時候碎裂也是另一種完整。

你的好，總有一天一定有人會看見。

指認

0

從前都覺得，在一段關係裡愛是最重要的，有愛就可以了，有愛就夠了，好像擁有愛就足以抵抗一切困難和痛苦。直到發現愛仍是關係裡最重要，卻不是唯一重要的時候；直到發現原來有愛仍是遠遠不夠的時候；直到發現原來愛可以讓人變得如此無能的時候；直到發現原來愛的存在，不只讓我們多了解決問題的能力，也多了增加問題的能力的時候……你會從空中墜落，你會倍感無力和絕望，因為你投射太多期待在愛這件事上面了。

愛其實是沒有辦法讓我們拯救任何人的。倘若我們根本無法照顧好自己，怎麼懂得如何照顧對方的需求？倘若我們根本不懂得珍惜自己，又怎麼知道對方給出的一切，竟是那麼珍貴與美好？

跌跌撞撞這一路，才終於發現，愛不是缺角的補漏，而是圓滿與圓滿的相遇，愛不是失去誰就沒有辦法活下去，愛的意義，並不因誰的存在而削減，愛就是你本身，它長在你心裡，它是你，你也是它。在失去那麼多又擁有這麼多的現在，愛不是建立在索取下的關係，愛不會使我們匱乏、身心疲憊，而後自我毀滅。

它為你帶來更多快樂，它使你更加明白，你一直都值得好的一切。它是這世間上最美好珍貴的事，愛一直都是這樣的存在。所以不要總是勉強自己去做能力還未能負荷的事，不要總是為了去愛或者得到愛，就輕易捨棄自己的需求和感受，不要總是勉強自己。在不快樂和不健康的關係裡，感受到的微小幸福，很多時候都是藉由委屈或虐待自己得來的。

1

不需要去為一段關係的結束究責，都很努力過，也就沒有對錯可言。

就像大自然的變遷，花開花謝、潮起潮落，可能生活中仍會有難熬的時刻。情緒湧上來，連自己都承接不住自己的時候，就交給宇宙，交給這個世界，交給山，交給大海，讓自己回歸原始。去凝視那個黑洞，去填補那些缺口，把曾經交換的靈魂碎片還給彼此，說一聲謝謝，有你一起看過的風景，都曾經特別、特別的美麗。

也可能會有鑽牛角尖的時刻，像是格鬥場上的鬥牛，不追到獵物不罷休。有時候像壞掉的揚聲器，不斷跳針發問同樣的問題。有時候拚命地回想過程，抽絲剝繭，不斷地檢討、檢討再檢討……但這並不是沒有意義的。倘若是為了拯救關係、為了他人，恐怕只是白費力氣；但如果是為了新的旅程與自己，不再讓錯誤重蹈覆轍，那相信你一定會成為自己心目中那個更好的樣子。

下次要記得，在一段關係中，「我們」不一定是「我們」。要試著去接受，「我們」是「我」和「你」兩個人，緊緊依靠，卻不融合為一體，尊重彼此，同時也在可以接受的範圍內，適度地妥協與退讓。這不是委屈，而是放下焦慮與控制，而是希望可以與那個認定的人，走過一趟又一趟更遠的旅程。

記得，在愛情結束之前，指認愛情。

「把自己變成刺蝟，要怎麼被擁抱？」

沒有被擁抱也沒有關係，因為把刺拔掉會痛會流血，會更加難受，所以不想勉強自己，想暫時窩在安全的地方。雖然孤獨，但想要享受孤獨，想要沉澱自己，想要在無法自拔的痛苦裡找回自己。所以不要擔心。

2

我會照顧好自己，會好好吃飯、好好睡覺、好好上班，我會保護好自己，我會留在愛我的人身邊，我會用我的方式重新體驗生活，去更多的地方，去成為更不一樣的自己，然後，重新擁有自己。

矛盾

世間存在許多矛盾
例如我愛過妳
是最糟也是最好的事

咖哩飯

0

沒有人知道未來會是怎麼樣子，但我們卻時常在檢討過去的自己。

1

幾乎是餓了一整天快低血糖頭昏腦脹，狼吞虎嚥塞了一大堆咖哩飯下肚後，才開始感覺到難過的。有的時候也搞不太清楚，究竟是生理影響心理，還是心理影響生理？但也許根本不需要進一步去探究這件事，它們本身就是密不可分的。

發現在雨天、深夜、想睡、飢餓、安靜的車廂、夜晚的高速公路上，又或者一個人在人群中的時候，情緒就會特別低落。想起過往那些似乎遠去很久，但卻又始終沒有過去的日子，被選擇的時刻，被放棄的剎那，甚至是他人面臨離別的時候。還記得，那時候我坐在宿舍上鋪，在下面的她們冷靜地談好和平分手，我一個人坐在床上莫名其妙地哭了起來，剛分手的她們看著我，不明所以，覺得好笑，其實我也是。

她告訴我，這次已經下定決心要分手了。我默默地吃完一大碗咖哩飯，才緩緩地回覆說，好難過。她問我為何而難過？明明不是我的感情，分手的人也不是我，是因為害怕失去一個朋友嗎？我沒有回答，因為在當下，我可能也沒有答案。或許我只是單純討厭離別，討厭變動，討厭任何看似有結果，卻根本沒解答的一切。

2

愛也許真的是這世界上最難解的謎。

我只是靜靜地感受著，那樣安靜的空間，車子行駛在高速公路上，旁邊的風景很模糊，沒有任何人將情緒外顯，也沒有言語衝突，我卻覺得壓抑難受，很想說些什麼，但如鯁在喉。是不是很多時候都是如此？明明知道一切早已沒有更好的選擇，明明知道一切都無法再回頭，還是想做些什麼力挽狂瀾？面對分崩離析的關係、不再相愛的伴侶、碎裂一地的心……身處其中的自己，什麼都想做，卻什麼都做不了。

他問我，為什麼這麼晚才懂？如果早點理解，是不是就不會走到這個地步了？我搖了搖頭，人生裡不存在所謂的早知道，這三個字僅是被我們用來逃避正面對的痛苦。現在是由過去許多的選擇、忽視和逃避累積而來的，我們永遠無法改變過去、無法挽回已決心要離開的另一半，在那樣的時刻，「早知道」就變成一組可以拿來苛責自己，讓自己好過一點的詞彙。

其實我有點討厭，討厭提供現實感給他人的自己。過度感受他人的痛苦、過度介入他人的關係、因過度的客觀而顯得尖銳，又在明白對方想要聽見自己說出什麼話的時候，別過頭強迫自己不去滿足他人的期待。但那是不對的，我知道關係之中的痛苦，永遠是第三者無法完全感同身受，也無法分擔的。

後來的我竟是有點害怕與好友的另一半深交過多，害怕一次又一次地去面臨那些分離，害怕局外人這個無力的角色。很多時候，我們能做的竟是什麼都不做，是做出切割，是更加理智看待。那些都不是自己的事，即便為此感到痛苦，也不是。

別總是喜歡做吃力不討好的事啊。

在那些情緒沒有過度起伏的日子裡，

我好想知道，我還能被什麼所治癒？

細胞

0

也許你不再主動去翻閱以前難過的事，也不再執著於那過程中傷人的一字一句，但那時的悲傷、憤怒、不解和心碎仍然是存在的。在你試圖重新拼湊自己的時候，它仍會再次展現在你眼前，逼你直視、不能逃避。

你必須相信自己過得去，相信自己能打碎那些恐懼，相信自己能處理好那些未解之謎。在這條漫長到無法看見盡頭的路上，接受自己不同的樣貌，允許自己並沒有他人所見的那麼堅固，承認它、接受它、好好愛它並給它一個深深的擁抱。

一次又一次地被自己丟回過去，但要在這樣痛苦的過程中堅信著，會有人把你撿回現在的。

1

陷入巨大痛苦的時候，是會忘記呼吸的，所有的生理需求在痛苦籠罩下，總是變得不值一提，除了痛苦，其他的感受被縮得好小好小，包括在其中的自己，很像被浸泡在鹽水裡的細胞，隨著時間的過去，縮小，再縮小，小到連他人的在乎都無法直視。

那陣子我就只哭過一次，歇斯底里地大哭，那天過後我幾乎沒有再為那個事件流過眼淚，正常地上下班，生活看似沒有什麼不同，唯有自己明白，我是如何壓抑那些痛苦；唯有自己明白，當時的自己幾乎終日魂不附體。讓我最痛苦的除了事件的本身，其二就是我始終都找不到一個解答來讓自己解脫，只是著魔般地反覆思考事件為何發生，它又是在何時開始埋下種子，最後盛放成一棵大樹，而這樣無知的自己，是不是在不知不覺中成為它成長的養分。

因為我對自身感受的不在乎，總是習慣性地將他人的需求擺在自己前面，這些從前並不讓我困擾太多的特質，在日復一日的累積下，最終成為他人拿來傷害我的利刃。

我終於相信了，他人所說的那句話。

沒有自己的允許，沒有任何人可以傷害得了你。

我無法忽視自己是如何一手造就這樣的結果——我也提供了幫助，我也是共犯，我難逃其咎。比起責怪他人的薄情、他人的刻意而為之，他人的隱瞞、欺騙和拋棄，我更不知從何去理解事到如今還在為他人著想的自己，不知道如何去原諒這個總是不夠愛護自身的自己。

我給了他人傷害自己的權力，即便有那麼多的細節都指向那些殘忍的結局。那麼多細節在提醒我這世間的萬物都是會改變的，四季更迭、花開花謝，然而我仍愚昧堅持相信自己所相信的，那句：「無論這世界如何改變，我們之間的感情絕對不會變。」

陳雪在《不是所有親密關係都叫做愛情》裡寫：「相愛的心意是真的，諾言是真的，無法實現也是真的。」當下都是真心的，即便有一天它不能實現了，那也不能因為後來的斑駁殘忍而去否定當初曾有過的真心和交付。這世界從不是這麼絕對的，你也不要總是這麼絕對極端，你要相信所有的事情發生都有它的意義所在，去經歷，去體驗，去感受那一切，無論溫暖或冰冷，那些感受都不足以讓你否定這個一直很努力的自己。

2

你要相信，自己已經做出當時能做的最好選擇了。

南柯一夢

0

有些傷心是不需要明說的，有些痛苦是沒有辦法透過言語表達的。偶爾會食不下嚥、早醒、難以入睡，無法控制大腦不斷地運轉，某些激素的失衡，讓人感覺痛苦，其實都是很正常的。我一次又一次地告訴自己：我要好好吃飯，好好睡覺，好好照顧自己。但其實比誰都明白，我現在連照顧自己的能力都沒有，我現在比誰都還需要愛人的陪伴。

1

夢迴初醒之時，總會有種活在夢裡的感受，彷彿昨日的悲傷是虛幻的。

但它不是。所有的美好都是夢幻，沒有誰的陪伴是永久的，愛與在乎也是。分離和痛苦更是，快樂是短暫的，悲傷何嘗不是。

在這樣的階段更不能勉強，而應該更坦然地接受和面對已經支離破碎的自己。只是難免反覆思考那些最後的言語，過度分析、沉溺，不斷給自己心理暗示。

理智雖然了解，這一切僅是關係結束的副作用，是荷爾蒙短暫的失衡；但也僅止於了解，無法輕易接受、適應這些變動。

我反覆地思考，愛之於我究竟是怎麼樣的存在。那句不夠喜歡像是指甲旁缺乏水分而長出的倒刺，無法忽視、無法被根除，它就在那裡，次次移除，次次生長。想起他曾笑著跟我說：「妳現在就像個刺蝟一樣，妳把刺展開，我怎麼擁抱妳？」我不僅被自己的防備所傷，也因此最終推開所有想靠近我的人。

我只能日夜審視自己以及這些失敗，看著一句又一句的對不起，把那些眼淚排出，讓那些不值得過去。只是難免想起那些未完成的承諾及未能被實現的遺憾，想起那些日子裡日夜都在的他，想起有人曾會因我的存在欣喜，對我說「妳開心，我也就開心」，因為我的悲傷而擔憂，想起我曾因為一份關係而變得勇敢、無懼，想起無論發生什麼都有人安穩地將我接下，想起有人曾煩惱要如何幫我過生日，如何讓我快樂，擔憂自己對我不夠好，想起他說我們要一起做的好多事……也許痛苦與愛的消滅沒有絕對的關係，而是習慣的強制更改跟抽離，讓人在這個適應的過程想逃避而不得。像成癮後的戒斷過程，習慣就是癮，而從今開始無論我如何選擇，都得去面對，即便難耐，即便痛苦，也沒有任何特效藥可以讓我快速地逃離這個階段。

「對不起，最後仍是傷害了妳。」他滿是歉意，我因又哭又笑而無法順暢呼吸，只能斷斷續續地說：「你不用覺得自己很糟糕，也不用因為這樣過度責怪自己。」為什麼呢？因為我深知，是我給你這樣的權力，是我願意放下那些防備讓你靠近，是我願意去相信這是一段不一樣的關係。沒有人喜歡傷害他人，而沒有我的允許，是不會有人可以傷害得了我的。你選擇傷害我，我選擇被你傷害。

謝謝你，但道歉的話我不想再聽到更多，畢竟歉疚是讓人最無能為力的。我沒有辦法違心地說出我不怪你，我也明白你不會要求我這麼做。你說感到抱歉，沒有審慎地思考就衝動進入關係，你還不明白自己要什麼。也許本質上我們就是不同的人，在你擔憂與不安的時候，我沒能夠將你拉出洞穴，因為我自己也在洞穴裡面，是一個嚮往光亮，但又無法真正踏出黑暗的人。所以我們都有錯，我們都有瑕疵，我們都有缺陷，我們都還有更好的調整空間，但願在那個在沒有彼此的生活裡，我們終能尋找到自身的價值，以及所愛之人。

你可以解決很多困難與矛盾，但永遠無法控制一個人對你的感情，與愛的深淺。你要去接受，每個人對愛都有各自的定義，對關係也有各自的期許。從一開始，我們就是走在不同的人生路上，只是偶然在岔路上相遇，望著自己原先走的路，反覆踱步思考，要不要一起前行？

2

我想，我很快就不會責怪你了。我比誰都還擅長體諒他人，看穿他人的難處，比任何人都擔心自己成為誰的負擔與不快樂。既然我無法成為你的快樂，至少不要發芽，最後茁壯成為一棵名為痛苦的大樹。也許接下來的日子，我會控制不了眼淚，會過得有點不健康，會對任何事情都提不起勁，拒絕任何人的靠近和關心，會有一段時間需要忍著痛苦，不斷地向知情的人說明這段關係的結束。我會在看到許多東西或經歷許多事情時仍想起你，想起那些互相陪伴的時間，或者在偶然的巧遇中需要落荒而逃。會有一段時間，成為一個麻木的人。

但這都僅是過渡期，我會一次比一次更明白自己要什麼，不要什麼。

最後你也會成為那個我不要的人。

這一切僅是南柯一夢。但我還是想謝謝你，謝謝這場短暫的美好和交錯，謝謝那些陪伴和捨棄。一切都經歷過，也都努力過，我沒有對不起自己，於我而言，這是最重要的事。願你往後的路途，終能找到屬於自己的路，想過的生活，想不顧一切去愛的人。即使飛蛾撲火，也不害怕火的光亮和熱度，我們肯定都可以成為自己想要的那種人。

在那些食欲降低的日裡，難以入睡的夜裡，我會一天比一天茁壯，我會找出自己的本質，我會透過這些不完美的關係，更加明白愛的真諦，是果敢、是勇於承擔、是可以負荷、是不顧一切卻也小心翼翼。

3

無論關係是如何快速地到來，又是如何快速地崩壞與結束，都不要責怪自己太多。關係是兩個人的事，你仍然是擁有這世上獨一無二的自己，沒有任何人、任何事或者任何關係可以定義你。

所有的不安都是一種警示，你不要刻意去忽略它。

魔術師逆位

0

喜歡是可以培養的嗎？我在對話框裡打了又刪、刪了又打，遲遲不敢送出。「喜歡是不能夠培養的。」楊這麼說。我默認似地點了點頭，卻還在掙扎。

「有好感，但不夠喜歡，說白了其實就是不喜歡。」那瞬間，感覺像是被塞了滿口的檸檬，又酸又澀。「一段關係如果沒有心動，那就僅是家人或是朋友般的陪伴。」

這些道理早該明白的，但一次又一次從他人口中反覆印證，心裡還是難受。明明知道是自己脫離不了鬼打牆，明明知道那些日夜困擾我的問題，其實心中早已有解答，卻還是抱持著不應該的想法，奢望有人能說出那個我期盼能聽到的回答。

1

我總是會反覆想起那些過程。想起有一個人對我說：「我都覺得我還做得不夠多，怕對妳不夠好。」「妳可以依賴我，可以無理取鬧，可以任性，我不覺得妳麻煩。」「我覺得在一起之後一定會遇到很多問題，但我們可以一起解決。」「以後排假，就以一起回家為目標。」「過年的時候我想帶妳去見我家人。」想起有一個人的胸膛那麼溫暖，想起那些擁抱帶給我的安全感，想起那些陪伴在那段慘澹的日子裡給我帶來的勇氣，想起有一個人，是那麼地想要對我好。那些短暫存在的夢幻，就像肥皂水製造出的泡泡，圓滿且美好，但也很短暫，甚至比曇花一現的時間還要短，短到我甚至還沒能夠與重要的人分享這份喜悅，啪，它就結束了。

我承認我一直都是一個害怕衝突與矛盾的人，面臨問題最先做出的反應永遠是逃避，總是想放棄，但又無法真的放棄。總覺得一段關係，是不可能沒有傷害的，所以一切都還有調整和努力的空間。但這次是真的無論我再怎麼努力都沒有用了。沒有一個人可以控制或改變另一個人的感情，喜歡就是喜歡，不夠喜歡，也許就是不喜歡。我沒有辦法為自己、為這段關係做更多的努力，我甚至明白挽留之於這段關係沒有任何意義，而這是讓我最詫異最痛苦的地方了。

雖然明白這種感情除了讓自己懊惱之外一點意義都沒有，既更改不了任何結果，也阻止不了崩壞，我卻還是生出一點後悔。總是會想，如果當時窗戶紙沒有被捅破，如果我們沒有因為捨不得而繼續這樣沒有心動的關係，如果我們沒有渴盼過進一步的親密，如果我們還是像從前一樣……我們就還能一起吃好吃的晚餐，我就能夠仍然擁有一個體貼的朋友，一個無話不談的對象，就不需要承受失去的痛苦。我害怕離別，我並不灑脫，我從來都是提得起卻總是很難放下的人。

我想，我們最靠近的時候，並不是進入關係時，不是兩人羞澀地思考要給彼此取什麼愛稱時，不是訴說思念時，不是深深擁抱時……而是在最一開始，沒有占有、執念、過多期待的時候。是那些無話不談，那些共鳴與大笑，那些分享生活，時而傾聽，時而傾訴的時候。那是我們最靠近的時候，但我們卻允許關係打破這樣的平衡，打破這樣的親密。

最後我哭得一塌糊塗，還因為空腹喝酒吐出膽汁。他一邊嘆息，一邊抽衛生紙替我擦眼淚；一次又一次地道歉，一次又一次地被我逼到需要講出最傷人的話語。每次想起那時的一切我都很想笑，我像極了一個明知徒勞無功，卻還在裝聾作啞白費力氣的傻瓜。但我不遺憾啊，雖然這樣的我並不好看，也可能降低了我在這段關係裡的價值，但我沒有對不起誰了，尤其是自己。原來我還是這個自己啊，原來我還是那個只要還可以努力，就會盡全力去努力的人。

我是很好的人，我想這樣告訴自己，妳做得很好。妳不需要遺憾，在往後的日子裡，也不會因為自己讓自己處於不清不楚的境地，或者輕言放棄珍貴的人和關係而後悔。

往後的日子，不一定會擁有好的生活，但妳問心無愧，妳仍然是那個自己，獨立、果敢、堅強，有想做的事就付出百分百努力的妳。時間從不為誰而停留，所以不要停在原地太久，不要責怪自己太多，妳要相信，妳已經做了當時的自己能做的最好選擇了。

心裡有牽掛的人是很好的事，但不健康、失衡的關係，只會讓你忐忑不安。

2

不要消耗自己，要相信自己的價值，不要因為一個不喜歡自己的人就否定自己。他不喜歡你不是他的錯，更不是你的錯，只是在這偌大的世界裡，有太多太多不同，喜歡的不同、想要的不同、需要的不同，而你們剛好是不一樣的那兩個人。就讓他走，讓他找尋愛的意義及真正深愛的人，也讓自己屬於更好的人和更好的自己。

你要記得，你永遠值得擁有一份對等的對待和承諾。

不要為了短暫的交錯失落太久。

抱抱

0

你失去的不過是一個不愛你的人，但他失去的是一個願意為他努力的人。所以不要遺憾，不要後悔太多，那不是你該有的心情。你已經足夠努力了，沒有愧對誰了。

1

海鳥與魚之間在飛越過那片大海後就結束了，那不過是一場短暫的不期而遇。身旁的人可能會一次又一次告訴你，一切都會更好的、不要想太多、讓時間沖淡一切、你還是很棒的，這些其實你也都明白，但也僅是明白，就像你知道有些事急不得，卻還是做不到。有的時候這些話語更像是黏著劑，讓人無法動彈，更加陷入當下的困境。所以不要給自己下任何心理暗示，不要在這樣充滿恐懼和痛苦的日子裡，強迫自己要前行、要適應、要變得更好，那是早晚的事，但對現在的自己來說，都是無用的事。因為做不到，所以也不要想得太多。

2

我有些奇怪的毛病，討厭不夠純粹的關係，討厭被汙染的一切。我想最痛苦的，也許不是一段關係的結束，更多時候是不知道怎麼去面對彼此圓圈裡交會的人。她們是我在這個陌生且寂涼的異地裡，僅存可以說話、託付的人，但我卻不能告訴她們我的悲傷與誰有關。失去一段關係，周邊連帶的一切也被迫變得不一樣，即便是在這樣的階段，還是需要考量他人的感受和需求，不能活在自己的世界、沉浸在情緒裡，仍有許多重要的一切，只是暫時無處安放。

每一段關係的結束，

都是一次掏空，都是一個殺死過去自己的過程。

我想，日子並沒有什麼不同，準時上班、解決困難、接受變動，吃點好吃的、洗一場熱水澡，早睡早起。錯位的一切終將回歸原本的位置，而我也是。一切沒有什麼太大的不同。我仍舊不夠完整，但它與誰的到來或離去，與開始或結束無關。不要因正發生的一切不安，不要去想太遠的事，專注於現在，感受現在，所有到來的情緒，讓它自然地來與走，不要抗拒也不要否認。所有的一切會讓你感覺難受，是因為你的努力和認真看待，是因為你在乎，是因為你重感情……這麼告訴自己，一次又一次。

只要自己還活著，還願意去相信與交付，一切都會繼續轉動，也會變得更好。

有時候不是沒有辦法去恨一個人，只是討厭過於濃烈的情緒和感受，只是無論經歷什麼不堪，都還是希望自己能夠保留美好的一切，只是希望那些崩壞的經歷，不要摧毀我的純粹跟美好，不要讓我變成連自己都不喜歡的那種人。經歷的那些，不足以改變我的本質，那些壞與我無關，愛與不愛也是，我並沒有做錯什麼，也就不必歉疚或痛苦太多。往後的日子，不要輕易允許傷害到來，你是足夠堅強的人，這與當下的情緒沒有相關。

我努力掏空自己，希望更美好的一切到來之時，心中仍有空間能夠容納。雖然對於未知的一切，存在不明的恐懼和擔憂，但我知道我永遠有能力讓自己變成更不一樣的人，永遠都願意去調整、相信，願意在最後捨棄腐敗的一切。

經歷這些後才更加明白，我真的非常棒。

每一次的重組都還是我，只是不太一樣的我，更好的我。

3

我每天都有好好吃飯，早睡早起，那天之後再也沒有打開冰箱試著喝太過苦澀冰涼的啤酒，沒有打開那個已經被擠到很下面的對話框，沒有隨便流眼淚，有喝很多的熱水，也有記得飯後要吃益生菌。花兩個小時把眼前最棘手的困難解決，下班不是讀書就是寫作，耐心地對待生活中困難的一切，努力學習、努力成長。就像是在拼一個很細膩的拼圖一樣，反覆對比、偶爾拆解重組。睡前的時候總想，也許明天不會是很美好的一天，但我肯定有能力把它過成超級棒的一天。雖然偶爾還是會很心煩，會突然不想說話，會什麼事都不想做，會忍不住回憶那些殘破的過去，但我不過度壓抑這些糟糕情緒，我接受在這個過程中，偶爾會因為高速轉動，效能不足而當機的自己。

抱一抱所愛之人吧，讓他們給你一個深深的擁抱，即使掉眼淚也沒有關係的。讓他們分享幾首他們最喜歡的歌，有空的時候陪你說說話，可以喝幾瓶啤酒，吃一點不健康的油炸物，讓他們跟你分享生活，最近發生了什麼好事，告訴他們，想你的時候找你，不想你的時候也可以找你，就算不找，你也知道，在這世界，在這樣痛苦的階段，有人將你安放在他們心裡最重要的位置，有人是這樣在乎你、這樣愛著你，即使你現在覺得自己不好看，甚至有點鑽牛角尖、日夜鬼打牆，但你很努力了。他們都知道，也不捨，但清楚明白，這是一條只有你自己能牙一咬走過去的路。請他們相信你可以照顧好自己，偶爾擔心你，但不要擔心得太多，因為你最害怕自己成為誰的負擔，只要知道自己還被惦記著就夠了。

4

謝謝你們總是給我好多好多的愛，
讓我時而圓滿，不陷入缺角的恐懼。

最怕自己的義無反顧，換不到別人的不顧一切。

none

每一次回頭去看你傳來的那句「不知道自己要什麼」的時候，我只是更加明白，在未知的未來裡，那個不知道自己要什麼的你，只確信一件事，那就是你要的人或事裡面，並沒有我的存在。

謝謝你，你做得很好，我們不能夠更好了。

那就把我們留在這個最美好的時候。

還沒

我不敢說，我計畫了很多事。

想和你一起去吃喜歡的食物，想和你一起去看鬼片，想和你一起去看海，想和你去更多更遠的地方，又或者什麼都不做，就是靜靜地待在一起做彼此的事，偶爾相視、交談。

我不敢說，做什麼都好，只要你還在就好，因為你永遠都不會在了。

我知道我仍舊會繼續生活，累了就睡覺，餓了就吃飯，與更多不同的人相遇，我知道我不會讓自己在這裡停留太久，我知道我們以後就是那種巧遇時會點點頭打招呼的關係，或者有一天，我們可以平靜地與對方嬉笑打鬧，分享自己的困擾和新的情感寄託，也知道終有一天我可能會忘記你的聲音和樣子。我知道一切都會慢慢好起來，只是現在還做不到。

我會把在乎留給更值得的人，我想對自己這麼承諾。

缺失

0

愛就是，我不怕你麻煩，只怕你把自己當成麻煩。

1

捏緊大腿，想藉由疼痛警醒自己、告訴自己要放掉手中一直拽著的一切，卻又反而被那疼痛搞得一塌糊塗，好像不能忘，好像不應該忘，輕易忘記的話，是不是下一次相似的事件來臨，又會忘記曾經的過錯，而一次又一次地踏上相同的路途，一次又一次地將自己摔碎？

後來明白，看懂一切卻不說太多的人，才是最聰明的。很多事情是真的不需要說，也不能說明白的，人與人之間一向是如此，界線只要被踰越一次，就會有接下來無數次的踰越，於是你要明白，這個界線內的自己該是如何珍貴，而這條界線就像從前的護國山，一旦它被攻破，就要接受之後的一切破碎，因為你輕敵，因為你沒有做好防守，因為你總是把界線外的一切看得太重，比自己還重要。

當你明白且珍惜自己的脆弱，它將不再這麼容易破碎。

2

有感情架可以吵的人是可貴的，畢竟沒有愛的話，也就沒有那麼多問題了。就是因為有愛，才會有那麼多難分難捨，當然難題也是少不了的。到一個階段以後該更加明白一件事，關係裡不是很單純地愛來愛去就夠，而是要深入經營，摸索從中取得平衡，要在難堪的時候去看清那些愛與傷害，要適時地後退一步審視一切，而這都是需要學習的。

很多時候不一定是對象出了什麼問題，而是自己的某些螺絲也壞掉了，可能是潛意識裡那些缺失，以及對自己的期待，不小心投射在對方身上；但，與你相愛的人本就不是為了滿足缺失而存在的。那是全新的一個人，不是過往那些傷害糾纏的前任，或者糾葛數不清的親人。他與這些人無關，但課題會將我們牽引在一起，課題會讓我們反覆地去經歷我們總是不想學會，或是學不會的那些。

爭吵在所難免，無論任何關係都是。不奢求第一時間低頭、退讓，或者道歉，只需要盡可能地把自己拉回來一點點，少說些傷人的話、少做些傷人的事，不要讓情緒凌駕在難能可貴的愛上面就夠了。

關係從來都不是為了互相傷害才存在的，如果最多能做的，只是把自己維持在一個平衡的狀態，那就去做吧，不要任由傷害，不要蔓延傷害，盡可能地不要製造傷害。

好像太理想了？我也這麼認為，因為這是現在的我仍做不到的事。但在往後的日子與關係裡，我會無數次這麼告訴自己。

很多時候，表面上看來是在傷害他人、回擊他人，事實上卻是在傷害自己。因為你愛著，傷害就不是單向的事情，它是會反彈的，有時候甚至更深、更深。

3

晚安世界，願愛一直存在在我們之間。

快樂是短暫的，傷心也是。

夢魘

我討厭做夢後醒來的感覺。但在你離去之後，我開始期盼每一個夜晚的到來以及夢境的降臨。

也許再也不會見面了，在夢裡能再見你一面是我最後的期盼，即便我明白在那之中發生的一切都與真實無關，那些話語也僅是我潛意識裡思念的投射；我在夢中所擁有的，都並不真的擁有，我還是想在那裡再見你一面，想和你好好道別，想好好放下那些情感。我想跟你說，我希望你幸福，即便我的祝福本就與你的幸福無關，我還是想讓你知道，其實你值得，值得一份好的對待，值得一份專心致志的愛，即便給予的人不是我。

想起我曾聽過一種關於夢境的說法，倘若在夢境中見到再也見不到的人，要好好珍惜，因為那代表緣分未盡，但在現實生活中無法繼續，所以只能倚靠在夢境一次又一次的相見來消化那些所剩無幾的緣分。

在那樣強烈的渴盼過去幾個月後，我夢到你了。很久沒哭了，於是也分泌不出什麼眼淚，只是想起這段話，生出許多複雜的情感，有慶幸、不捨、悲傷但也有興喜，一切終能落幕，這對我們而言是最好的結局。

倘若一切能重來，也許我不會在凌晨點開那個對話框，我不會讓自己在那些細碎的時間裡承載誰的悲傷，我不會善解人意地說出違心之論，我不會願意當你的浮木，我不會那麼倔強地不肯說出喜歡兩個字。但我知道一切不會重來，我不後悔自己曾經熱烈且坦蕩的喜歡，我不後悔在那些你痛苦難熬的日子裡，給出那些收不回來的愛和陪伴。

我要走了，這次是真的。我不會再隨意地在等待紅綠燈的時候，拽著期待一次又一次地回頭看；我不會任由自己置於大雨中，濕遍全身卻一步都不敢挪移，只為了能夠再一次確認遠方的人是不是你；我不會一個人漫步在街頭的時候，期盼有一天能再與你相遇。

我仍然過著我的生活，

而在我這漫長的人生中，你最終還是成為過客了。

結束

所有相聚都是有時效性的。

人來人往的車站、深夜的家門口、狂歡後的沉澱……每一次的離別，對我而言都是一種重擊。網路時常有心理測驗排序我們最常因為什麼而哭，開心？難過？生氣？還是感動？我感覺是離別。幾乎是每一次，面臨離別的時候，大腦都還沒反應過來，身體已經誠實地掉下了眼淚。即使人們都很愛說聚散有時，每一次的分別都是為了下一次再相聚，我還是感到抗拒，像是還停留在幼兒時期一樣，擁有嚴重的分離焦慮。

我們都是如此的，一個人來到這個世界，最後也一個人離開，沒有誰能永遠陪伴著誰。道理誰都明白、誰都能說得出口，實踐卻是難事，我想是我太害怕改變，因為不知道從什麼時候開始，改變被我貼上了負面的標籤。

曾因為你的存在，我在路上僅是看見一隻蝴蝶就開心好久；曾因為你的存在，即便受了委屈，我都像是吃了促進消化的藥物，很快就代謝掉；曾因為你的存在，好多困難都變得簡單。原來有人可以依靠是這樣的感覺，原來這個名為愛的濾鏡是真的有顏色的，它曾那樣存在，過濾那些痛苦。但它也僅是短暫的隔絕，濾鏡拿掉後的生活並沒有什麼不同，一切都沒有不同。

原來所有的相聚都是有時效性的，原來所有的開始就是結束。我們從不屬於誰，一個人到來，在這偌大的世界相遇，短暫地陪伴彼此，最後一個人離開。

一直都是一個人。

如果

如果可以，如果可以的話，希望你們不要再責怪我。「不要再讓自己受傷。」「為什麼總是讓這樣的人接近妳、傷害妳？」即便都出自於心疼與不捨，但這些心疼與不捨也使我內疚，使我無法走出責怪自己的迴圈裡，因為我永遠不知道如何為自己解釋，如何告訴你們我真的很努力了，每一次、每一次，我真的都與從前不太一樣，只是進步得很慢而已。如果可以，希望我們可以一起相信一切都會更好的，無論是所發生的一切，還是我自己。

不要再說為我好，你根本不知道什麼於我而言才是最好。

即便帶著良善與好意，仍會對我帶來一定的風雨與壓力。

倘若你不完全了解一個人，不理解一個選擇背後的動機，不明白一個事件產生的後果，就不要過多地評論，也不要自以為地給出貌似良善的建議，更不要去承擔他人應該親身經歷的課題。讀書時期老師對我們說過：「親愛的，你不應該剝奪他人學習的機會。」我不相信完全平坦的路途，不相信從未迷過路的人，不相信人從未有過傲慢與偏見。

生活中有那麼多的難過，
而你曾是唯一的快樂。

平衡

我好希望你難過。

雖然這個想法有點惡劣，但我只是想要確認我曾那樣深刻地存在在你的生命裡。我只是希望你走得有那麼一點不灑脫，我只是希望這不是我一個人的獨角戲，我只是希望那麼多不對等的事情裡，至少能有一件事是對等的，就是我們都為這樣的結束感到不捨。

怪物

那些不確信感為什麼會存在呢？我也很想知道。好像總很難相信、也很難適應；更準確來說，也許是不敢相信也不想適應。每一次，真的是每一次，那些愛與感動靠近我的時候，不安感就會越發強烈，逐漸形成一個巨大的黑洞，幾乎將我完全吞噬。比起愛，坦然地接受愛讓我更加痛苦。

想起朋友曾經問我：「為什麼妳這麼喜歡暗戀？難道妳都不會覺得付出那麼多卻收不回來很不划算嗎？」但感情從來不是交易，不是銀貨兩訖的單純關係，我太明白自己是如何病態，如何需要自己被需要，如何倚靠不斷付出的過程來找尋自己的定位、肯定自己存在的價值。

但沒有人教我，其實愛不是這個樣子，愛不是你一定要付出什麼，甚至割捨什麼才可以換取到的，愛僅是愛而已，就只因為你是這個你，有的時候也因為你不是這個你，它就是這樣的存在。你為什麼不能相信呢？明明你在喜歡一個人的時候，也是那樣不計較得失，也未曾衡量對方能為自己帶來多少好處，只是純粹地望著一個人，只是希望無論如何，他都可以感到幸福。那你為什麼不能相信，也許這世界上真的有那麼一個人，如同你單純地愛著別人一樣，僅是單純地愛著你，想對你好，想留在你身邊而已。

她說：「其實我是可以理解妳的，因為妳的原生家庭沒有給過妳這樣純粹的感情，從小需要不斷努力尋求關注、不斷給予換取肯定，所以妳覺得愛一個人就該是這樣，一旦妳不夠努力，就會被忽視、捨棄。但我希望妳知道，妳已經足夠努力了，好不好？」我一語不發地看著她，默默地掉下眼淚。被理解是我最害怕的事，我害怕這樣的貼近和看穿，我害怕我真的什麼都沒做錯，卻無端要承受這樣的成長過程，最後造就這樣的我。

你已經足夠努力、足夠好了，這句話是我時常對他人說的，但好像鮮少有人這樣對我說。思緒飄得很遠，像是回到那些年，像是渴求能被順毛的寵物，眼巴巴地看著我最親密的人，向他們訴說我的努力，渴盼得到肯定，卻連一個眼神都得不到，他們總是跟我說：「這樣妳就滿足了嗎？妳覺得這樣就足夠好了？」我曾怨懟過，最後試圖去理解，理解他人對我的期待，理解他們放在我身上的壓力其實都是為我好，只是那些愛跟期待太重，影響過於深遠。倘若他們知道那些過程會將我養成怪物，肯定不會這樣對待我的吧。

單戀或者暗戀，是既甜蜜又痛苦的事。但無論是快樂還是痛苦，都僅是我自己的事，這是僅需要一個人就可以完成的獨角戲，可以一個人開始，再一個人默默地結束，不用擔心誰的牽制，不用害怕誰會為我帶來痛苦，卻無人可訴。僅需要獨自承擔，不用擔心自己的黑暗和痛苦會影響到誰、為誰製造不快樂，不用擔心在那樣的關係裡，我會成為誰的負擔，又該為誰的痛苦買單，只需要為自己負責。

才發現原來自己竟是這麼害怕自己成為誰的累贅，害怕自己與誰的痛苦有關，但這種關係，能讓我真正感到快樂嗎？我真的有辦法無私地愛著一個人，不計較對等、不計較得失，不計較自己最後需要看著他因為誰的愛感到快樂而流下眼淚嗎？

其實我比自己想像的還要膽小，膽小到只能躲在角落，連愛都給得那麼隱晦。

好像終於懂了，不夠勇敢的人是沒有辦法承擔一份感情的。

漂泊

有的時候我很害怕回家。那個讓我有歸屬感的地方，卻也時常讓我碎裂成許多大小不一的碎片，有一些是不理解，有一些是憤恨，有一些是嫉妒，有一些是悲傷，更多的可能是無助。我是那麼矛盾的人啊，終其一生找尋自己想要的，再丟棄，再找尋，再丟棄。

有時候我會想，這輩子是不是都無法靠岸，
卻忘記自己才該是自己的歸屬。

青春痘

有時候覺得你於我就像一顆青春痘。通常是熬夜太多、油膩的食物吃太多、晚睡早起，諸如此類的不健康生活習慣導致，但因怕痛又怕留疤，沒辦法隨便把你從身上擠掉，也沒辦法顧慮你到底是想留還是想走，只能讓時間慢慢去代謝掉，努力去修正和調整那些不平衡導致的不良結果。

總之，一切都還是會煙消雲散的。

畢竟它本就不是一開始就長在我身上的，

它會來，也就會走，就跟你一樣。

此路不通

不顧一切是真的，小心翼翼是真的。

好像常常這樣，像是飛蛾遠遠地看見火光，不顧一切飛撲過去；卻又在真正靠近愛的核心時，變得小心翼翼且膽怯。開始不像原本的自己，開始反覆思考、謹慎應對。喜歡的變不喜歡，不喜歡的也能因為喜歡而變得喜歡，但那根本不是我。

愛讓我的世界常常充滿錯覺，那種可以不顧一切的錯覺，那種可以改變自我的錯覺，但到頭來才發現我從未改變，只是自以為愛可以戰勝一切，包括自己的心魔。但一切都還是一樣的，那些破碎，不夠圓滿，那些恐懼，都沒有不一樣。

最糟

朋友問我，最近一次哭是什麼時候？我回：「分手那天晚上吧。」那之後就沒有了嗎？我思考後點了點頭，好像是。好像也沒有想像中那麼難過吧，當天哭得那麼慘，反而出乎我的意料。

謝搖了搖頭，慎重其事地說，妳還記得四年前那場戀愛的分手嗎？我其實不知道她要說什麼，但我還記得。「妳還記得那次分手，妳也沒有哭得太慘嗎？」那時候身邊的人並不為那樣的我感到開心，反而更多的是惶恐。因為那是我，也不是我，他們都以為我是不是被雷打到了，才會突然變成一個連他們都不太認識的人。但分手後約莫三個月，情緒就這樣突然地崩潰了，我連續痛哭失聲好幾個夜晚。

謝說，會不會這次也跟那次一樣呢？並不是真的不難過，而是一直下意識地壓抑，逃避這些事件帶來的痛苦，並不是真的不難過，只是很努力讓自己看起來不難過，等到時間久了之後，再一次傾瀉而出。我說我不知道，我永遠無法預測未來的一切，我能做的最多，永遠都是把現在的日子過好，把生活打理好，把這些雜亂的情緒梳理好，除此之外，我好像沒有什麼能做的，正在經歷的一切，已經幾乎用光我所有力氣了。

我甚至無法想像更糟的樣子會是如何。

生命中，總還是有些你放不下，卻已不值得一提的人事物。

週五

0

階段性的低落，是即使反覆經歷再多次都讓人無所適從的。

1

喜歡深夜，喜歡夜晚的散步，喜歡冬夜裡的氣味，喜歡夏季冷氣房裡蓋著棉被。

今天下班，我一個人提著很重的包包走了好久的路。在門口遇見K，我問他，你在這裡幹嘛？他說朋友失戀了來找他談心，想著需不需要到急診去掛號。講沒幾句他去忙了，我又繼續走。門口的大樹尚未長出新葉，光禿禿地聚集在一起，我從縫隙中看見了高掛在天空的月亮，很亮但不圓。我想起自己已經許久沒回家了，再往前走，今天是週五，路上車來人往，後座的人緊抱著前座的騎士，我又繼續一個人走著。

想起汪曾多次在我身後喊我說，妳能不能走慢一點？我笑著沒有回話，僅是放慢腳步。他又喃喃自語道，很奇妙。每一次在妳身後看妳走路的背影，都有種莫名的焦躁和孤獨感。但只要妳開口說話，這樣的感覺就會消散。我都會想，這樣一個身體裡，究竟住了多少個靈魂？

汪還說過，很討厭走在我後面的感覺，感覺我像是把全世界拋在身後一樣。那種時候都會感覺，眼前的我不是他熟悉的那個人。

我們已經許久未聯絡了，沒理由再見，也不想再見。這段往事在我最近看《原來這就是愛啊》的時候，一次又一次地浮現。有好幾次想哭卻又哭不出來，胸口又悶又脹。有些人即使已經離開那麼長的時間，跟他們的回憶好像卻不會被抹滅，當下的感受也未曾消滅。

我並不孤獨，我笑著說。即使每一次這麼說出口的時候，都有種莫名的心虛感和無力感。

那時候還很年輕，年輕得讓我害怕孤獨，也抗拒它。

2

我不覺得孤獨是成長的標準配備，但成長的路途中，我們終有一日會明白它存在的意義。在那些沒有任何人找得到我的日子裡，我仍有好好地過生活，吃飯、睡覺、喝水，一樣都沒有少。他們總覺得我是懶，但我只是在享受一個人的時光，只是在自我消化，消化那些生活帶來的不可避免的傷害，消化那些過度的社交和使用同理心所帶來的無力感。

我只是想在這不長不短的人生中，保有一些僅有自己的時刻，去擁有孤獨、感受自己，不要總是用失去自己來換取他人的在乎和快樂。有些在乎是不需要言語的，甚至是言語無法表達的。

朋友總愛說，我就是不夠愛自己，總是妥協，才會讓自己這麼累。逃避社交和交流，避免受傷，但這最終仍歸因我不夠愛自己，所以才會總是在乎他人的感受多過於自己，而無法真實表達所想。她是否定這個方式的，儘管我沒有覺得不好。我很想對她說，這就是我最討厭的。儘管我已經很努力了，儘管我已經找出自認解套的方法了，卻仍是被否定。明明這是我的人生，明明只有我可以決定要怎麼做，卻這麼容易因為他人的否定而懷疑自己。

3

前幾天收到朋友的訊息，我很快就回應了，因為她前陣子的狀態不是很好，我擔心愛逞強的她又一個人默默承受一切，最後爆炸。她告訴我，C最近好像過得不太好，問我她有沒有告訴我？我說我不知道，這陣子生活太忙碌，還沒有時間好好回覆訊息。她笑著說沒關係，這是可想而知的事，我們本來就是有事才會找彼此的朋友。看到這裡，一顆心像是被灌了水泥一樣，不斷往下沉。好想說些什麼，想說但我不是這樣的，不是有事才找的，每一次感知到你們狀態不好，總是盡可能地出現，想接住你們。很想說些什麼為自己辯駁，但我說不出口。其實我是那種越長大越害怕打擾到他人的人，那些很深的恐懼和痛苦，我時常是無法輕易脫口而出的，也不為什麼，其實就是害怕自己成為他人人生沉重的負擔。

想起好幾次再也無法支撐的時刻，潘露出那個又心疼又失望的表情。她說，妳曾告訴我朋友就是拿來麻煩的，感情就是依靠適度的互相麻煩來建立更加緊密的連結的。妳是不可能一直接收他人祕密、承接他人痛苦的，那不是關係，那只是垃圾桶，所以妳也不要責怪他人為什麼時常將妳用完就丟，不要埋怨他人為什麼僅在需要的時候才出現。是妳自己將自己擺在這樣的位置上的。

長大以後的世界太複雜，並不是我們從前所想的以真心交換真心，許多牽涉利益的過程，清澈也會變混濁。你只能比從前更加明白自己要什麼，自己想如何被對待。所以你要為自己設下界線，不要讓任何人覺得你有利可圖，不要讓人覺得無論怎麼對待你、傷害你、鄙視你、摒棄你，都還是可以得到你的真心以待。

所有的一切都是有跡可循的，所以你不能欺騙自己。

4

原來我已經一個人走了那麼久。梅雨季節就要到了，感覺身上的毛孔都被水氣覆蓋。一場又一場的綿綿細雨一次又一次地滲透進我的皮膚、帶走我體內的水分，一顆心又乾又癟的，給不出什麼，也不願意再多接收些什麼。

人與人之間本就缺乏確定感與安全感，
相信太難，破壞信任後的再建立，更難。

寶劍九

我很好奇，放不下的究竟是什麼？

是對方，還是自己在這段關係裡，已給出卻收不回來的一切？

其實回過頭看才發現，有的時候並不是留戀，只是面對猝不及防發生的一切，未能預見與準備。就像不小心打翻在包包裡的液體，讓所有的東西都黏在一起，面目全非。

影響

今天讀書讀得有點累了，寫筆記的時候，寫著寫著，紙上的字就糊了。好幾個透明的圓圈在紙上暈開，眼淚啪搭啪搭地掉。在這個連針落地可能都聽得見聲音的夜裡，悲傷、無力以及失落感都在放大。

談到雙子座，大家都會講的其中一個特質就是三分鐘熱度。風象星座，總是飄忽不定地東奔西走，好像很難集中注意力，好像這個世界永遠有新奇的事讓我們去發掘，於是許多事情做到一半就又被新的事物吸引而擱置。這是我第一次堅持一件事這麼久，每天的生活兩點一線，除了醫院就是租屋處，除了上班就是讀書，這成為我生活裡的稀鬆平常，就像一個小時到了要喝水，休假要洗衣服一樣。

但還是會有茫然的時候，也會被突如其來的恐懼擊倒，不確信自己的努力是否真的能到達渴盼的遠方，不確信自己的堅持是否在正確的軌道上，不確信自己的付出是否已經盡了全力。儘管身邊的人都說：「太過要求自己很容易生病。」但還是對自己有太多的質疑，慣性批評自己、懷疑自己，明明做得已經夠好了，卻覺得遠遠不夠。

想起國小有一次考卷忘記寫名字，從一百分變成六十分時，爸爸憤怒的表情，與臉上那巴掌。又想起國中的時候，興高采烈拿著那張七十幾分的數學考卷到他面前說：「我從不及格進步到七十幾分了！」他卻連看都沒看地說：「妳覺得妳這樣考很好嗎？」還想起五專的時候，期中考有幾科考了不及格，接到他的電話說：「妳如果不想讀，就休學不要讀了！」原來我都還記得，原來那些從小到大被否定的失落，我從來都沒有忘記。

直到現在已經是個不會再受到父母過多約束的成年人了，我也更改不了批判自己、不願意肯定自己的習慣，無法繞出這個迴圈。原生家庭中，那些在我們人格養成的過程裡所發生的一切，對我們一生的影響，遠超乎我們的想像。

其實真的沒有關係的，渴盼被認同、理解、支持是很正常的事情，倘若你有過這樣不被接受的經驗，也不要一味地檢討自己或跟著他人一起指責自己。人生中存在或大或小的困難，並不是為了打壓你或者扼殺你，而是為了讓我們能從中去學習並且調整。

沒有人能打敗你，除了你自己。

鉤子

討厭雨天。

那樣潮濕的日子裡，什麼都曬不乾，一顆心總在和除濕機的馬達較勁一般，鼓動個不停。特別容易傷感，特別容易想起往事，想起那些經過很久都不願再提起的往事。

敏感

魏如萱的〈陪著你〉一直被妳放在喜愛清單裡，妳說妳最喜歡那句「做自己的太陽，你就能當別人的光」。

不用成為別人的光也沒有關係的，我想這麼告訴妳。不用一直很努力將自己調整成適合他人、不會割傷他人的模樣，妳的可貴永遠是因為妳是妳，妳一直都很努力了，我想這麼告訴妳。沒有人該是太陽，沒有人能一直照亮他人，所有的給予都是需要能力的，妳該認清自己的能力，理解現在的自己需要的是什麼，不要不斷地給予，那不是愛也不是無私；那是恐懼，那是消耗。

在那些給不出什麼的日子裡，請好好地安放自己。去吃一頓好吃的，洗個熱水澡，穿上舒服的睡衣，躺在床上，想像自己躺在草地上，望著滿天的星河，妳是安全的，妳是舒適的，妳是擁有自己的。不要總是那麼努力地將自己往外拋啊，不要總想著自己還能為他人做什麼，能量是有限的，無論是怎樣的容器，都有最大的容納值，妳不是萬能的，也不是那麼必要的，妳不要把自己想得那麼重要，他人不一定會因為妳的一句話就輕易感到受傷，他人不一定會因為妳不能給予什麼就捨棄妳——至少真正愛妳、在乎妳的人不會這麼做。

我知道妳很敏感的。是那種快要變天就會感覺到不適的敏感；是那種會因為他人說出一句話就忐忑、反覆琢磨，擔心傷害到他人的敏感；是那種吃到不乾淨東西就會腹瀉的敏感；是那種待在太吵雜環境就會不安的敏感。我都知道。敏感讓妳吃了很多悶虧跟苦，讓妳在每一次聽到別人說：「妳太敏感了。」的時候開始檢討自己。有時候很可能妳真的做錯了，但很多時候，其實是妳太在乎他人了，無論那個人對妳有如何的意義和重量，妳都下意識地想去照顧他人，也不為什麼，因為妳比誰都還了解受傷的感覺，也就擔心自己會成為那個讓別人受傷的人。容易懊悔、容易糾結、容易矛盾、容易過度檢討、容易消耗自己。但我好想告訴妳，我好喜歡這個妳啊。

在那些妳看不見的地方，妳也與那些被妳稱讚、被妳肯定、被妳給予愛的對象一樣。妳體貼、細膩、擅長照顧他人的感受，妳比他人更容易看見一個人的本質和美好的所在，妳是好多人的伯樂，妳在很多時刻，接住了那些失重落下的人。肯定有人跟妳說過吧？妳是美好的，妳是特別的，妳是發著光的，即使偶爾也會忽明忽暗，即使會懷疑自己。擅長質疑自己，卻能夠肯定他人，妳知道嗎？妳就是最好的存在。

妳不是樹枝上的孤鳥，我會一直陪在妳身旁。

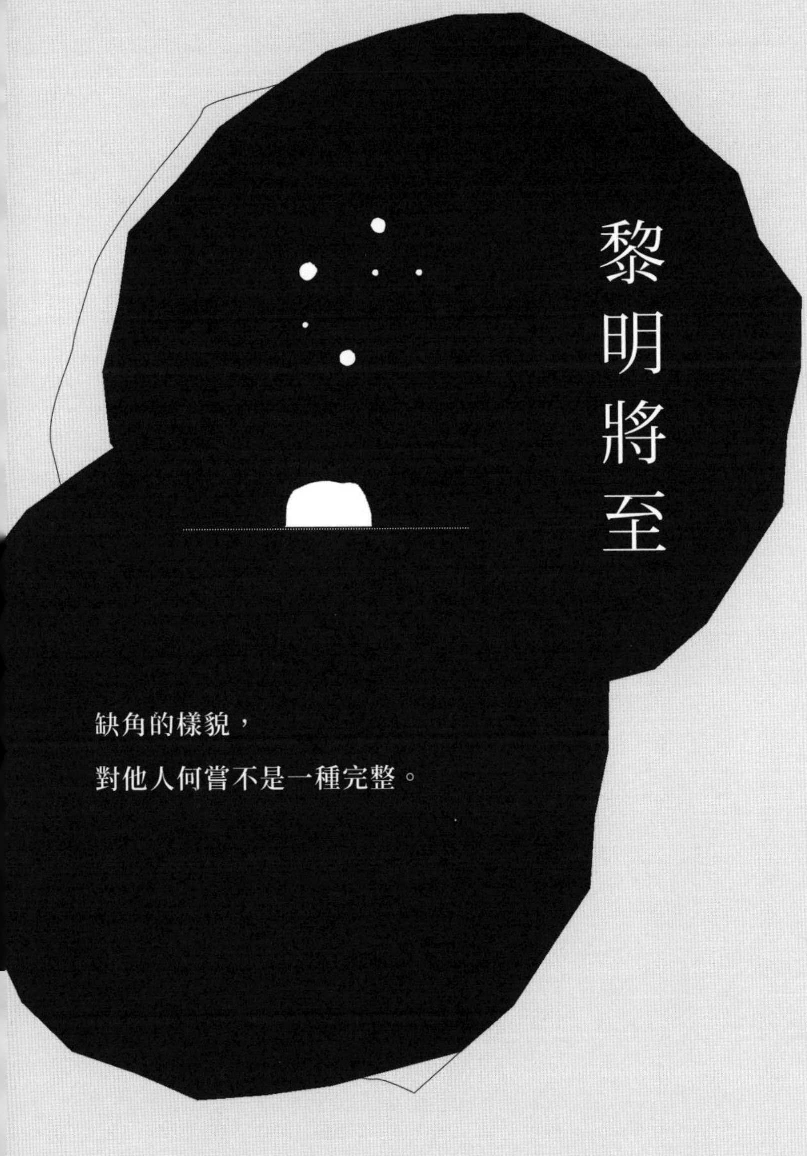

黎明將至

缺角的樣貌，

對他人何嘗不是一種完整。

L：「明天去找妳，可以期待我會帶什麼給妳。」

L：「有期待的話，就可以活到明天了。」

企圖

「我好像該認知到自己可能真的沒有愛人的能力。所有看似愛的舉動行為都並不單純，那背後其實藏著渴望被愛的企圖，因為我根本不夠愛我自己。」我這麼對她說，幾乎是要哭出來了。

因為不夠愛自己才這麼渴盼被愛嗎？這是不對的。因為認知到，所以開始用理性的腦來取代感性的心，於是抗拒任何的靠近，拒絕愛的可能，阻止自己再去毀滅任何人，我知道我不應該這樣，但我想要的僅是停止這些以愛為名的傷害，無論對自己還是對他人。我其實只是想要好好地愛和被愛而已，只是總是搞砸了。

還需要再健康一點吧，我還能夠給自己更多時間的。

愛是美好的，去愛人的我，也是。但愛人是需要能力的，有的時候自不量力會衍生許多的痛苦。但還是想告訴你，其實每一個人都具備愛人的能力，只是它會隨著我們的原生家庭和經歷的一切有程度上的變化，那些辛苦的一切毀滅我們無數次，我們卻還是走到了這裡，又為什麼要去批判、否定這樣努力的自己？

如果可以，希望你們不要去抗拒愛的可能。相遇的時候，記得留給自己一些溫柔跟愛，愛的能力不僅有愛，還有被愛，更重要的是愛的力道。

肌肉記憶

六月，已經不輕易感到悲傷了，但無力感仍持續蔓延著。持續調整的過程著實有點艱辛，肌肉是有記憶的，那些你刻意想遺忘的，它都替你記得，可能是一個轉彎，一個場景，一個氛圍，其實都還是記得的，只是努力讓自己不再想起而已。好像有點迷失了，在這樣倉促的腳步中遺失原本的樣子，被自己無意編織的網給困住，前行的過程也被不安籠罩著。

出太陽的日子，水分蒸發了一些，但那些被密封的，仍然附著。

曾經是浪漫的，曾經是不顧一切的，曾經不是這麼理性的，但都在經歷得越多後被扼殺了。有時候會突然認不出鏡中的我，會懷疑自己真的變得更好了嗎？越來越知道自己要什麼之後，反而沒有辦法輕易地去擁有了呢。也許這樣是最好的吧，不因寂寞而濫交，不因寂寞而停下腳步，就讓那些該經過的人經過，不做無謂的停留，如今的我只能在這樣的日子裡，盡可能做出對自己最好的選擇。

現在的我不奢求什麼更好的自己，只想要好好地生活就夠了。

不藥而癒

沒有任何一種藥物是可以讓傷口一夜之間就癒合的。

總是很多人問我，失戀很痛苦，該怎麼辦？好像不能怎麼辦。脫口而出的，總是這麼無用的回答。在這樣的階段裡，你會需要很多的陪伴，但再多的陪伴好像都不夠用，你還是會有很多空白的痛苦需要一個人去面對，在這樣的階段裡，你會時常做什麼都提不起勁，可能會食不下嚥，夜不能寐，就算今日再努力，隔天可能還是會跌回原點。在這樣的階段裡，旁人說再多都是無用的，沒有任何的特效藥可以撫平你的傷口，讓它結痂，或者讓它存在感不要那麼重。所以我不說「一切都會好的」這種話，這是我們都明白，但此時此刻卻做不到的道理。

就好好地去感受吧，那曾有過的美好，還有正在經歷的痛苦，好好感受，好好記得，若仍有餘力，請好好地對待自己，因為他是在這個階段裡，唯一陪伴你度過這一切困難的人，他是這個階段裡，讓你好好活下去的人，沒有人可以比他還要重要，還要值得被你愛和珍惜。

96

不要去愛一個需要你改變才可以配得上他的人，
去愛一個從不讓你擔心自己是否配得上他的人。

包含

0

「為什麼明明我現在已經擁有了一個很珍惜我的另一半，被深愛著，甚至也過上理想中的生活，卻還是無法克制地在意前任？」

1

叮咚。那天深夜，訊息通知突然地跳出。她說，我先承認，我有喝酒。像是一種預告，可能失控的預告，可能不理智的預告，需要將自己拋下，被承接住的那種預告。

那個曾經在關係結束時痛苦萬分的自己。便利商店前醉倒大哭的自己，上班累得半死卻睡不著的自己，時常食不下嚥的自己，不顧一切去找她想挽回一切的自己，這些都還深深地刻在腦子裡。才發現原來不甘心是這麼可怕的情緒，越是知道不行，越是壓抑，就有越多憤怒湧上，那種什麼都沒辦法做的無力感，像是一顆水球在心中被戳破，飛濺得四處都是，卻連從哪裡打理起都不曉得。

後來她遇見了一個珍惜她也很愛她的對象，我沒見過那個女孩，但從旁聽到她們許多日常，都感覺到那像是一道暖陽，降落在她的世界裡，照亮了她。

所以可以理解，為什麼在聽到那個傷害自己至深的前任談戀愛，而一顆心仍有所波動時，她會如此無措以及自責。那好像是不對的事情，許多人都說那是不對的事情，在這樣擁有和他人幸福關係的階段裡，仍為前任所困，是不對的事情。於是很長一段時間裡，她陷入一種莫名的焦慮和自我懷疑，她甚至不知道這樣不明的情緒可以向誰訴說，她認為這是不能被攤在陽光下的。

她說：「對方家裡比我有錢，關係也健康，比起她，我家感覺亂七八糟的，像是一顆糾結在一起的毛線球，剪不斷理還亂。我承認我的家庭，讓我時常自卑，我永遠都忘不了，她初次來我家時，嫌棄我家的環境。」「我不知道我做錯了什麼，但我幾乎把我能給的一切都給了她，時間、精力，還有愛。是那麼用力，那麼用力地愛一個人，但她可以說不愛就不愛，可以說不要就不要，就像在丟棄兒時心愛卻已破舊不堪的玩偶一樣。」「我不愛她了。現在身邊也有深愛著我，我也很珍惜的對象，但我觸碰到前任的一切，仍是有很多的情緒。」隔著螢幕，我都可以感受到那曾有的絕望、痛苦和不解。

2

在意是愛嗎？我也無數次問過自己。在意不是愛，在意僅是在意，是我最後得出的結論。愛可以將在乎、習慣等包含於其中，但在其中的一切，並不一定能反過來包含愛。有的時候，會將自己困住，是因為走不出一段關係裡的傷害和曾有過的美好，你始終不明白，為何全心全意去愛一個人的自己，會得到這樣的對待，而傷害自己的人，卻在離開之後，仍可以過更好的生活，去愛更多的人，甚至愛那些人勝於自己，然後你還要找出許多那些人的優點，試圖說服自己，這一切都是合理的。有這樣的想法並不惡劣。相反地，越是刻意壓抑、要求自己放下或者掩蓋，才會使自己越身陷其中。

關注此時此刻多於破碎的過去，是很難的事。人總是會下意識往不圓滿的地方看，總會想著該怎麼做才可以填補那些空白和缺陷，但又不小心在這個過程中讓原先圓滿的部分破碎，於是越努力越糟糕，什麼都留不住。

如果可以的話，輕輕放下過去的自己，那個一直很努力，卻總是得不到對等回應的自己。關係並不是一場競賽，也不是一場投資，我們無法預估投資報酬率，也沒辦法精準地定義，究竟誰輸誰贏。

我們都只是一個想被好好珍惜和疼愛的人而已。你不要自卑，那些曾經的過往無法定義你，不要刻意留下那些被否定的部分，被那樣不公平地對待，並不是你不夠好，也不是因為你做錯什麼，只是在愛裡，我們時常是無法控制自己的，我們無法完全理性、客觀地去對待一段關係，和一個人。愛情、愛情，由愛開頭，由情結尾，始終是脫離不了感性的。

3

希望我們都能更坦誠地面對自己，面對那些不被他人所認可，卻仍無法消滅的感受。如果可以的話，留給自己更多的時間，去代謝消化一段關係帶來的副作用，去更多地理解一段關係存在的意義，接受它曾那樣到來，最後又那樣離去，都與自己想像的不一樣，不要試圖去控制不可控的一切，包含自己，也包含對方。

最後，她說：「謝謝這樣的時刻有妳在。我知道自己衝動，也知道妳細膩，能看見我所看不見的那些盲點，可以替我打破那些限制和困惑，讓我冷靜下來，不被情緒所帶動，而做出無法彌補的選擇。如果有一天妳需要，希望妳記得我也在，我也能夠為妳分擔些什麼。」永遠，我永遠都會因為真心和被記得而動容。我也想說謝謝，在這個沒有誰能永遠陪著誰的世界裡，擁有過，存在過，就是最好的事情了，不耽溺於過去，不眺望太遠的未來，就在此刻，陪伴著彼此，給予對方自己能給出的最多，看著所愛之人都好好地活著，體驗這世界為我們所帶來的一切，我想這對我來說就是最好的回饋了。

4

妳說：「希望下次喝醉酒，我還能在。開玩笑的。」

在這裡回覆妳，我還會在的，不擔心。

妳儘管去愛妳想愛的人，經歷該經歷的一切吧。

破鏡

0

不會忘記你的人，無論經歷什麼都不會輕易將你抹去，
而你永遠都找不回，也留不住一個已經不愛自己的人。

1

「我怕我不聯絡她，她就會忘記我。」他斷斷續續地，哽咽地說。

聽到這句話我有點難過，先前因為他不斷鬼打牆而產生的怒氣瞬間消散。有的時候，明知不可行，卻一意孤行，是愚昧的勇氣。不夠冷靜的

時候做出的決定，都是衝動且容易後悔的，但在感情裡，面對所愛之人以及離別，我也好想知道，怎麼樣才能夠做到完全的理智？怎麼樣可以在愛裡，硬生生地將愛剝離開來，只去看那些現實的阻礙？

兩個人分手，無論是什麼原因，中間肯定有或大或小的事件夾隔在彼此之間，你不可能不去探討或解決那些困難，你不可能天真爛漫地只去看那些美好的泡泡，愛不能解決一切現實的困難，這是我很後來才領悟的道理。隨著年齡的增長，會明白愛是支撐一段關係最重要的核心，卻不是唯一要素，要和一個人長久地走下去，需要經歷無數次的磨合、溝通，需要相似的三觀，或者變成彼此可以理解的樣子。那不是爭吵後情緒消散，兩個人擁抱、親吻然後和好，就可以毫無痕跡的；會將兩人拆散的，正是那些一次又一次未被妥善解決的矛盾。

分手後的復合並不是壞事。但為什麼大家談及復合都是害怕抗拒或者建議不要？他們總說，破鏡無法重圓，也總說，那是一次又一次的惡性循環，因為人們往往高估自己的能力，因為我們總是下意識地覺得，自己可以為愛做無數次的退讓跟隱忍，實則不行，尤其在情緒來臨時，我們總會像是站在照妖鏡前的怪物，原形畢露。在復合念頭最深的時候，是我們最容易欺騙自己的不理性階段，所以不要在情緒高漲時，做任何決定，或者種下執念的根。你應該去問自己，除了愛，讓你非得要跟她排除萬難在一起的原因是什麼？是不甘心，還是習慣作祟？那不一定是愛，如果那是愛，我們怎麼會那麼輕易放手。

給彼此冷靜的空間很重要，情緒過後，我們會更容易看見問題的癥結點，我們會更能夠釐清自己的感受，以及那段關係究竟為我們帶來什麼。

究竟愛的本質是什麼？或許不是不健康的占有，不是習慣戒斷的痛苦，更不是付出後未能得到自己預想回報的不甘心。至少我理解的愛，是兩個人願意掏出一些來交換，讓我們除了是我和你，也能夠是我們，互相理解，或者至少做到尊重彼此。在愛裡不可能完全沒有爭吵和傷心，想起庭曾寫過的那句話「吵架是愛的更新」。但不夠堅定的愛僅能是散沙，遇水時凝固還沾手，怎樣都黏，怎樣都揮之不去，天氣好的時候，一碰就散。

用痛苦和數次分離換來的堅定和聚合，我不確定那是不是真的會讓你快樂，但我明白，大家要的都是不一樣的，快樂就好，讓自己少受一點傷吧，除了執著你想愛的人，也要記得多多看身邊那些珍惜你、心疼你的人，自討苦吃永遠是一種選擇，你也永遠有權利為自己做出選擇，不受他人的干涉。但要記得，不要為了無謂的執念，將愛你的人拋得太遠，只想這麼說，只能這麼說。

2

當你真正意識到自己的珍貴，真正肯定自己的值得，
你才能得到最好的對待。

我還在學習如何勇敢，即使時常像是一條扭不乾的濕毛巾。

選擇

小蔡：「長大以後的世界，很難那麼純粹，我會們開始發展出許多語言，與那些不相似的人溝通，就像社交語言，看起來真心，但僅是為了社交存在而已。妳不能把這些放在太深的地方，把一切都看得那麼真切，會讓自己受傷的。」

那一刻我感覺有什麼重擊我的內心，激起漣漪，然後慢慢地沉下去，到很深很深的地方。

才發現，我把好多好多混雜在真心裡的社交語言，收藏進心裡很深很深的地方，然後受了很重很重的傷。因為我真的想不通那些傷害為何總是指向我，明明我什麼都沒做，明明我從未懷著惡意去面對任何人，明明我貫徹始終地相信人性本善的道理，我以為，我總是以為我如何對待他人，即便得不到相同的回報，但至少不會被太多的惡意擊落，但為什麼還是會一再地被擊潰？我無法相信那些都只是偶然不是刻意，我無法相信那些傷害不是利益權衡下的產物，我只知道自己在被遺棄的那一刻，連哭都哭不出來。

倘若良善真的是種選擇，為何我總是被捨棄的那個？我常常想不明白。

最近總是頻繁地與身邊的人進行深度的溝通，也讓我時常想起M曾說過：「不知道為什麼，妳就是有一種讓人想待在妳身旁，離妳很近很近的那種舒服磁場。」「妳有那種讓人莫名就想對妳卸下心防，想掏出很多很多跟妳說的那種奇妙感覺。」小蔡在最近的對話裡反覆地提到，因為我是一個純粹的人，所以總是用單純的眼光去看待這個世界、周圍的人，以及發生的事。我無法預見所有的黑暗，也是可想而知。這個純粹就是雀無數次提醒我的，良善很好，但不要無條件去相信一個人是好的，是不會傷害妳的，不要這麼單純，妳會讓自己一次又一次受傷的。

我釋然地笑，然後說沒關係。她瞪大了眼睛看我，問我為什麼要讓自己痛苦？痛苦也沒關係的，痛苦反而可以讓人成長很多，我這麼說。我想大多數的人應該不會刻意選擇痛苦，至少我是如此，所以也沒必要太糾結為何痛苦到來，只需要去感受、去經歷，去讓自己成為更不一樣的自己。

那些經歷都沒有關係，不是痛苦沒有關係，只是不想再花費過多的時間去檢討以及反覆咀嚼那些，已發生的一切都是無法改變的。我太明白這個自己，這個總是需要親身經歷才能理解到一些人事物之於我是什麼意義的自己，就讓我好好地去體驗這個世界，讓我好好地去經歷，讓我藉由這個過程，更加理解複雜的自己。

和解

0

那天我在誠品熱銷排行前拿著《女兒是吸收媽媽情緒長大的》這本書站了好久，猶豫了一天，最終還是把它買回家了。毫不意外地一邊看一邊哭，眼淚幾乎是沒辦法控制地流下。這本書像是一面鏡子，映著過往的一切以及自己的臉孔和故事，心一陣一陣地抽痛著。那些傷口都已經隨著歲月跟努力慢慢在癒合了，但不經意被戳到的時候，仍然會感覺到疼痛。

從前我是不太閱讀這些心靈相關的書籍的，它們對我來說曾經是毒，是難以理解，是逃避也是抗拒，後來來到精神科工作，在療癒病人的同時也踏上理解自我的路上，努力去面對傷口，努力清創，努力認知問題所在，嘗試與自己、家庭，甚至父母和解。

面對原生家庭，我總是有難以言喻的複雜情緒及難以解開的心結。至今已過去十多年，我已經從一個十歲的小孩長成二十五歲的大人了，卻仍舊會感覺自己被困在過往，難以呼吸。儘管已經能以較平靜的方式開口訴說，卻仍然跨不過去那道檻，總是在害怕的時候築起城牆，拒絕有人踰越那條線。

大部分的人都告訴我，那些發生在過往的一切與我無關，不是我造成的過錯，不要攬在自己身上，但我總是找不到自己在家的定位。在弟妹犯錯的時候，爸媽說：「都是妳這個姊姊沒做好榜樣。」親戚們說：「妳是長姊，該有長姊的樣子。」身為大姊的我好想知道，到底該怎麼做才能符合你們的期待？我一路撿拾垃圾，一路承擔這些本不該是由我來承擔的一切，一路盡我所能地滿足家人的需求，總覺得這才是愛，這就是愛，但這不是。我很明白，但我不知道該怎麼做，才能在愛這個家庭的時候，不去恨它。

害怕訴說、害怕被拒絕、害怕坦誠，因為這都是我的家庭從未允許我的。父母總是告訴我，不准哭，有什麼好哭的，也鮮少認同我的選擇，或者誇讚我做得很好。漸漸地我越來越少去說出自己最真實的感受，比起被否定，不去說好像好一點吧，我這樣想，然後變成了現在這個樣子。哭得厲害，喉嚨卻始終沒有能量把話說出口，這個連自己都討厭的樣子。

委屈、壓抑，終於忍不住爆炸的時候，總是會把媽媽惹哭，然後就會陷入愧疚的循環。親情的勒索一直纏在我的脖頸，但我不忍心去責怪一個犧牲自己來照顧這個家庭的母親，同時又矛盾地忍不住埋怨這麼不勇敢的她。最後我就成為她的縮影，所有我不想成為的樣子，我都成為了。

1

試圖與我的原生家庭以及內在小孩和解。沒有人從出生就懂得如何當父母，於是就從自己的原生家庭來模仿複製，我們其實都是懷抱傷痛的人，每一個加害者可能都曾是被害者，我並不是合理化這些傷害人的行為，那些行為仍舊是不對的，但我也不想被那些不對的一切困住一輩子。一家之主父親的壓力，以及總是處於弱勢的母親的痛苦與無助，我想試著去理解他們，理解他們都只是普通人，一路上都在學習與調整，其實他們也都痛苦無助，並且無人可訴。

即使我的家庭使我本能地去逃避任何會讓我受傷的一切，我也想與他們和解，去明白他們的苦衷，去明白他們的一切痛苦不該由我來負擔。我是他們的小孩，但不該是他們痛苦的延伸，我拒絕無條件地接受他們丟向我的痛苦，我仍在努力用理解取代怨恨。

願我們總有一日，都能夠把那個被困住的自己，從過往解脫。

2

爸爸媽媽，我好想被愛，不想要過多的期待和勒索。我只想要是我自己，一個獨立的個體，我希望被你們認同、喜歡，成為一個能讓你們感到驕傲的孩子，不害怕被否定，不害怕被拒絕，不害怕自己僅是你們痛苦的延伸。也許你們沒有看見，但這一路上我真的很努力，我不想總被迫在父母之間做選擇，我是你們一起生下來的小孩，我兩個都愛，我想成為自己選擇成為的那種人，而不是成為你們期盼的那個樣子，可以嗎？

責任

01

心理師：「不要去承擔不是妳身分該承擔的責任。」

今年是第五次踏進這個空間了，回想起前幾次的自己，好像都在迷惘、不知所措中度過，每週都為了心理師給我出的題目苦惱，大概可以理解朋友焦慮地撥打電話跟我說：「怎麼辦？我聽不懂心理師給我出的題目是什麼意思。」的那種感覺了，有些事非要自己去經歷才能了解透徹。

今天算是真正地切入原生家庭這個議題的核心，每次好像都是這樣，觸碰到這一塊的時候，軟爛得一塌糊塗，幾乎是控制不了自己地，眼下濕了又乾、乾了又濕。面對心理師對我問出的為什麼，我幾乎都只能搖頭而無法給出個答案，對我的家庭、父母、這一切，我永遠都有不明的恐懼。

靈魂像是抽離了肉體般，回過神來，我甚至對於這樣泣不成聲的自己感到意外，看到心裡的那個小孩就這樣待在那個角落，淚眼婆娑地看著我，彷彿在問：「妳為什麼不好好愛我？」我無助地告訴心理師說：「我覺得自己好陌生。這陣子我幾乎沒什麼哭，但每次踏進這裡，眼淚的開關就好像故障一樣，它停不下來。」她溫柔地告訴我，我沒有故障，我只是在用新的模式經歷這熟悉的一切。

忘記心理師對我說過幾次：「這不是妳的責任啊。」這不是妳的責任，所以不要去承擔不該承擔的，父母的事情讓父母去解決，無關妳的一切都應該抽離，妳是大姊，但大姊這個身分也只是小孩呀，不該做父母的事，這不是妳的責任。

最後我告訴她，已經好久沒接媽媽電話了，甚至連回撥的勇氣都沒有，深怕自己控制不住眼淚讓家人為我擔心，她說：「妳覺得媽媽承擔不住嗎？但她是媽媽啊，保護妳是她的責任，妳的眼淚不會造成任何人的負擔，就把它當作撒嬌，不可以的嗎？」妳要相信妳的媽媽可以保護好這個受傷的妳，她會理解妳的，就像她在脆弱的時候妳會接住她一樣。

後來一個人去逛了書局沉澱心情，回到家鼓起勇氣撥電話給媽媽。假裝沒事地問候家常，但媽媽的一句：「妳怎麼了？」還是沒能讓我忍住眼淚。一開始是哽咽地說：「一切都很好啊。」最後連我沒事這短短的三個字我都沒有辦法好好地說出口，謝謝妳給我很多空間，沒有過問太多。媽媽說沒有關係，人生很長，要盡情地去體驗，不要把正在經歷的一切看得太重，媽媽不太會安慰人，但我希望我的小孩一個人在外面都能過得好好的，要吃好穿暖照顧好自己，不要生病就好了。

我跟媽媽說謝謝有妳，回家想好好地抱抱妳。

2

謝謝這一路上溫柔以待的人們，人世無常，盡可能地珍惜，有缺憾的話，盡可能去填滿，至少求個無愧於心，當你打從心裡地去愛自己以後，才不會錯過愛你的人給出愛的時刻，滿到溢出來，一顆心脹得發燙。

緣起緣滅，皆有它的道理，

來到這世界經歷的、體驗的一切也都是磨練。

96

如果需要出一篇統計相關的論文，我想我會第一個研究，
關於雙子座的一生究竟說過幾千百萬次，
其實背後全都有事的「我沒事」。

體貼

如果可以，我希望自己不要太體貼。

當然可以體貼，但不要過度體貼。喜歡就說喜歡，討厭就說討厭，想要的時候不要說不要。誠實地面對自己，面對自己的欲望、面對自己所想。如果可以，我希望擔心別人會不會受傷之前，先好好看看自己流了多少血。

如果可以，我希望你不要知道我不是你所想的那種人。

遠去

0

很久以前我不相信永遠，我不相信有什麼是亙古不變的，一年都有四季，氣候會變遷，萬物皆會更動，人與人之間薄弱的關係亦是。我不相信人的一生有長到可以拿海枯石爛來比擬，那只是國文課裡所教的誇飾法，放在現實，它就像是誇大妄念一樣的存在。

隨著年紀及經歷的增長，比起不相信，更貼切的形容變成了不敢相信。我相信了它的存在，但不敢相信它會被放置在我的生命裡。

1

有人問我，有沒有跟很好的朋友漸行漸遠的經歷？有。即使被安置在心中的人，與許多人比起，數量應該是無法比擬的，卻仍舊躲不過這樣的經歷。一直以來都很容易相信人，那種信念像是刻在骨子裡，無法被連根拔除，即便經歷再多傷害、再多痛哭失聲的夜晚，刻骨銘心無法自拔，還是很容易再次相信的那種執拗愚昧。原諒我用愚昧來形容它，因為很難想像，一個人究竟為什麼可以在相似的地方反覆跌倒，卻還是不死心地要重蹈覆轍。

很多時候我也不明白為何會失去。成長的過程一直是如此，就像細胞的汰換，你是無法抗拒的。人與人之間的關係，矛盾地既堅固又薄弱，有的時候即便是經歷山崩地裂的事件，都不足以將你們分開；有的時候僅是隻言片語，就讓你們再也不願意面對彼此。有人說，這僅是一個長大的過程勢必會伴隨的階段化改變，人的一生說長不長，但也需要經歷許多交叉口，每一次的到達，都是一次更新。也許過程中會充滿不解和難以釋懷，但不可否認，接著後果的，永遠是前因。

某些矛盾總是在事後許久才能發掘，而當時在其中的自己未能發現，是因為主觀占據了整個大腦。情緒永遠搶先在前，你更多關注自己的感受，或者心中有無數個小劇場想著對方的所作所為，卻做不到與對方開誠布公地進行溝通。誰都拉不下面子，誰都有自己的想法，誰都不想當那一個跟在後面的人，誰都想要搶在前面走，於是走在自己堅持的道路上，在岔路就走散了。

2

每個人都來自不同的原生家庭、擁有不同的人生經歷，所以在矛盾產生的時候，我們不可避免地會將自身的主觀套用或者強加在他人身上。但希望我們繞圈的時間可以少一點，多一點時間將自己從那些不安、焦慮或恐懼抽離開來。沒有誰的存在是該滿足誰的期待的，你有你的感受，對方也會有他的不滿，如果珍惜，那就不要卻步，不要賭氣，更不要輕易放棄。

朋友跟我說，人到一個年紀後，就會發現答案根本不重要，走散的人不必挽留，不願留下的人不用過問太多，許多事情本就沒有解答，不必執著掛念太多。但我不是這樣的人，即便不是事事有因，面對珍視的一切，我仍是想盡到自己最大的努力，我不願活得過於糊塗，即便這樣會自招痛苦和煩惱，也不願什麼努力都沒有做，就放棄自己一直拽在懷裡珍惜的，那樣我會感覺對不起自己。

也許於我而言最好的方式，並不是在意識到快要失去的時候，告訴自己要坦然面對放下，而是將一切攤開來，表達自己的感受與想法，也尊重對方表達的一切，倘若無法達成共識，倘若一切真的無法挽回，那就好好道別，輕輕放下。即便往後一路不再有彼此相伴，至少我直到最後一刻都仍是這麼珍惜一個人的到來和一同經歷的點滴，我只求不對不起那些美好的際遇。

我不願意有任何人批評那些過去、甚至最後的結果，因為其中的美好永遠只有在之中經歷一切的我們可以理解。謝謝你來過，謝謝你帶來的種種，我願意相信全部都有安排，無論是快樂的還是痛苦的都有存在的意義。比起最後的結果，更重要的是我們從中獲得了什麼。下一次倘若再發生相似的事件，我們也許會擁有更不同的思維，以更珍惜自己、珍惜關係的方式去成熟地解決。

只願在往後回想起這一切的時候，

我們都能為曾經的努力，不遺憾太多、太久。

冰沙

昨天難得回家，坐在書桌前讀書時發現忘記帶便利貼，開始翻箱倒櫃地找可以利用的工具，於是湊巧看見那疊整齊的聯絡簿躺在抽屜深處。

紙張因為歲月的流逝及潮濕的環境已經微微發黃，翻開它，有股氣味。映入眼簾的是小時被父親批評醜陋無比的字，確實，又小又尖銳又扭曲，像是坐在滿是坑洞路上行駛的車裡寫出的一樣。

人們常說：「字如其人。」當時的我確實如同我的字，心裡扭曲得厲害吧。既自卑，又焦慮，骨子裡有叛逆的血液，像是字一樣，即使小也能看見它的尖銳，一筆一劃幾乎沒有圓潤之處，直直的線與線相連成一個直角，彷彿將自己縮在那個角落就可以很安全。

我的視線移到了桌面上剛寫完的筆記。現在的字又大又圓，直線仍存在，但許多彎角已少去了尖銳；比起從前的橫衝直撞，多了更多的耐心和理解，因為害怕受傷，而先行防衛跟攻擊的狀態，也少去了很多。

聯絡簿裡面記錄了很多已經不在我記憶中的事，例如某一次的段考我考了第十五名，例如哪個同學在籃球比賽得名，例如我那幾乎一直不及格的數學分數。想起求學之路，埋頭苦幹地認真念書好像不是當時的主題，我記得最多的是當各種幹部的時刻，打籃球三對三班際比賽的時刻，暗戀某個男同學的時刻。

還有許多就算聯絡簿沒有記錄我也沒有忘記的事情，那些總是散落在我書桌旁的頭髮、就算藏在便當盒也總是會被導師翻出來的筆記本，以及在學校對面公園等待接送的日子，旁邊都有一個阿姨會戴著遮陽帽賣好喝的冰沙。那時候的我很嗜甜，香檳口味是我最喜歡的，但因為沒有零用錢而不常喝，只是站在旁邊，等待每一次蓋子打開時沖出、飄散在空中的甜味。

現在的我有穩定的工作、有掌控自己生活的能力，已經買得起一杯漲價後也才三十元的香檳冰沙，但再嘗一次那童年記憶的時候，才發現它對現在的我已經太甜了，無論是身體還是心理，好像都不再需要這些多餘的糖分了。

回頭看當時的自己，大概是因為日子太過苦澀，才必須從其他地方汲取糖分，而如今的我已經找到了更能夠平衡情緒的方式。又或許，其實我們總在追求自己得不到的那些，儘管心裡明白，想要跟需要，從來是兩回事。

墜落

每一次接住別人時，都讓我很是感慨。原來我仍是有能力的，有能力安撫他人，承接他人的悲傷、憤怒和無助。

我時常無法展現有關自己的這些狀態，但曾經也盼能被他人接住，好多無助的時刻，好多沒有緩衝就墜落的瞬間，雖然未至絕望，但還是很痛的。所以能夠接住他人，真的是很好的事。至少，至少他們在這樣的時刻裡，還記得有一個我，而我也剛好在，還有能力，還有愛。

我不是一個會輕易向他人陳述自己內心感受的人。

有的時候是害怕對方不懂，有的時候則是害怕對方太懂。

想起

有的時候我還是會想起她，很偶爾的那種。可能是一首曾經一起聽的歌，可能是一個曾經一起牽手走過的轉角，可能是那個相遇的季節，可能是曾經因為有她而變得沒那麼困難的事件……但再也沒有掀起巨大的波瀾，像是一顆無意間被拋擲進湖中的石子，僅僅激起了一陣小漣漪。

才發現想念與想起，原來真的是不同的兩件事。

原來不知不覺中，我真的做到僅是想起而不再是痛苦的想念了。妳終於徹底地在我的生命中成為一個過客，而我終於不會輕易地因為那些過去嚎啕大哭，不會後悔那場相遇與曾有過的相知相惜，不會憎恨最後的結局，不會遺憾那些不完美的過程。我終於輕輕地將妳放下，讓妳存在，不抹去妳曾到來過的痕跡，不刻意地不回想那些細節。

原來時間真的不曾為誰停留，而我們自身也是。

能力

0

有人的靠近不是因為真正的喜歡，而是因為在我身上有利可圖。

1

長大的過程是苦澀的，社會化的過程是迷惘的。想起一路上，大家總愛說：「無論如何做自己，保留真實的自我。」以前總覺得這好像是沒有什麼難度的事情，總是比其他人來得更能表達自己一點，總是不小心就會被貼上不合群、主觀意識太強的標籤，但這樣的特質並沒有為我帶來太多的好處。

仍是矛盾，仍是在堅持自我下又過於在乎他人的想法。明白朋友為何總愛跟我說：「寧可當一個豆腐嘴刀子心的人，也不要去當那個刀子嘴豆腐心的人。」人們往往只能看見表象，而不會去深入探究那些藏得很深的內心活動。於是最後苦的仍舊只是自己，吃力不討好的事，確實不需要做太多。

2

想起初入職場的時候，我問過學姊一個問題：「職場上真的沒辦法交到真心的朋友嗎？」二技休學的關係，我比身旁同齡的朋友還早進入社會，他們總耳提面命地提醒我不要太容易交付真心，真正的感情都需要經歷與磨練才能看見。學姊笑了笑，大概是認為我突如其來地提出這個問題很無厘頭吧。她說：「其實真心跟職場沒有太大的關係，只是要懂得適時地切割，工作與私生活不要混為一談。」大家都說要好好把握大學以前的朋友，因為那些都是最純粹的感情，沒有利益的衝突、沒有多餘的算計，沒有太多長大以後該考量的現實因素。

無論在什麼階段都要懂得過濾，但也要明白，再密的篩子都難免會遺漏一些雜質，更何況生活呢？不要過度設限自己，也不要過度地恐懼。適當的防備心、適當的釋放與接受，讓他們自然地到來，也讓不再適配的一切離開。

3

如果可以，願你不要被你經歷的那些髒汙和不真誠給汙染，人的一生，或多或少的困難、難能可貴的真心，倘若沒有真正的去經歷，你又該如何得知，真正擁有該是什麼樣子？你又該如何得知，原來你也值得真心相待，原來你也有勇氣捨棄不是真心以待的一切。

4

其實那些不怎麼美好的經歷不應該讓你懼怕，
而該讓你更有勇氣來肯定自己，因為你還有能力。

安排

相信上天總有最好的安排，它會安排最好的時機、最好的場景、最合適的人選來到你的生命裡，總有一天，你不會再輕易感到孤單，你不會終日擔憂，你不會把那些不屬於自己的緊緊拽在手裡，只要你願意繼續努力，只要你願意珍惜自己，只要你不要輕易放棄，它會到來的，它不僅是上天的安排，也是你努力得來的結果。

雖然我偶爾，仍會感覺自己，不配得到愛。

媽媽總說我很愛哭，家裡有四個小孩還是最愛哭的那種愛哭。不小心摔倒的時候會哭，被罵的時候會哭，難過的時候會哭，害怕的時候會哭，生氣會哭，甚至看到感動的電影都會哭的那種愛哭。我知道很多人都覺得我這樣很莫名其妙，但沒關係。

這輩子走來，我最常下意識脫口而出的話就是沒關係，無論是真的沒關係還是假的，我都習慣這樣來包裝自己，無論是否能夠消化，我都會按著大拇指硬生生地吞下去。很多人會問我為什麼要假裝，這樣明明沒有比較好。但他們不知道，比起這個更難受的是，坦誠地說出有關係的時候，卻沒有被重視。成長中一次又一次的經驗讓我們學習，進而成為現在這個樣子的自己，我不怕假裝沒關係帶來的傷害，更怕有關係被忽略的感受，那會讓我覺得自己很可憐，但我不喜歡可憐自己。

剛剛走出浴室滑倒的時候，我也沒有哭。

雖然不知道這樣對不對，但我也試圖想成為他人口中那種堅強的樣子，被比較的時候不感到受傷，被忽略的時候不感覺難受，被利刃刺傷的時候，可以一聲不吭地包紮好傷口，然後微笑對自己說，妳很勇敢，妳很棒，妳太堅強了，再也不是易碎的玻璃製品。

不害怕這個世界遺忘我，而害怕連自己都忘記自己最初的樣子。即使她不怎麼討喜，即使她很脆弱，即使她偶爾也不喜歡這樣的自己，但我還是希望她在，那才是我真正的樣子。即使無人知曉，但曾一次又一次捱過很多黑暗日子的自己，從來沒有放棄這個曾經無數次想放棄生命的自己。所以我不會因為她不被任何人喜歡，就不要她。

去處

年末的時候，身旁有好多人都剛好在歷經關係的結束，有好多好多悲傷的故事卻不知從何說起，所有關於愛的議題，變得遙遠又疏離。還小的時候，覺得兩個人分手不外乎就是不愛了，其他多餘的都是藉口；長大以後才發現，人生除了愛，還有其他更重要的事，於是一段關係的繼續通常與愛有關，結束卻不一定是因為不愛。

認識Y的時候，對他的印象就是有一個長跑多年感情很好的女友，他們同居、相愛、契合，諸如此類的。直到年末才知道，這段在我眼中很完美的愛情，也隨著跨年煙火的落下而畫下句點。那時候他常常問我：「今天心情如何？」但卻很少提起自己正在經歷的一切；但隨著一天又一天過去，我越來越能感受得到他情緒的重量。

那些無法被訴說的悲傷和再也沒有去處的愛意，全都壓在他的胸口，而他似乎無處可逃。他仍面帶笑容，訴說的過程中也並沒有太多情緒，但好像就是因為這樣，我才感受到那股巨大的悲傷。

相愛多年後才發現曾經一起建構的未來都不能再實現，那是什麼樣的感覺？以為規劃好的未來裡會有對方，卻猝不及防地失去崩塌，那是什麼樣的感覺？才發現，關係裡只有愛是完全不足夠的事，它很美好，卻無法讓我們一次又一次地打破自己的原則，甚至放棄自己的理想和規劃，捨棄想追逐的一切。

長大以後的愛情原來是這樣，知道還有愛，卻也明白不能再繼續，於是即時止損、放手，提分手的一方承擔的悲傷並沒有比較少，儘管知道對方多痛苦，也還是必須狠下心來切斷。

讓不能再擁有的她屬於別人，也讓自己屬於更好的一切。

電話卡

0

「她說我很獨立，也許吧。在感情裡我從不會太任性地要求她撥出時間來陪我，我愛人的方式是盡可能滿足對方的需求，同時也需要感覺到自己被需要、被理解，因為很多事情我不想讓別人知道得太深入。但她卻沒有理解我，所以我沒辦法繼續跟她在一起了。」

1

妳有沒有想過，那麼渴求能被他人理解的妳，其實也並不了解，甚至可能也不太能接受自己，所以才需要藉由他人的理解跟認同支撐？我這麼問道。她接著說：「我知道，其實就是不夠愛自己。」但妳已經很棒了，無論在這個過程中是否有人能夠理解，是否能看見妳的困境和努力，妳都要知道，妳很勇敢，妳要認同自己。

來到這個世界，離別是最常見的課題。關係的結束通常只是早晚的事情，愛過、努力過，雖然結束了，但結束並不意味著所有的努力皆是徒勞無功，也不能抹煞曾有過的一切。它只是一個階段性的存在，無論是獲得還是失去，這都是難能可貴的一課。

晚上同事找我找不到，才發現我去跟一床剛轉入院但明天就要自動出院的病人會談，一去就是半個小時。其實中間還有其他治療要做，但實在不捨得打斷，因為看見她過往護理紀錄寫著：「我現在完全找不到人可以聽我說話，我只是想要有人能聽我說話，然後安慰我而已……」只是一個很簡單的心願，但擁有七張電話卡的她，卻無人可訴。

我好像可以理解。

2

前陣子無聊看到大眾占卜的影片點進去，標題大概是給生活、煩惱的訊息指引，其中一段她說道：「現在的你一定很渴求被理解的感覺，卻找不到可以理解自己的人，所以在這樣的狀態下，一個人反而對你來說是更好的事，因為你才不會一直把自己困在連最親密的人都沒辦法理解你的痛苦裡……」心有戚戚焉。從害怕寂寞到願意與自己共處，從害怕失去到捨得讓不合適的一切離開，甚至連自己都看不清這一路上究竟經歷了多少，才變成了這樣的我。

我想打從心裡去接納自己，她沒有錯，她只是需要更多過程來確認自己究竟要成為怎麼樣的人，確認自己究竟要什麼樣的生活，確認自己在怎樣的關係裡才能感覺自在跟舒服。這些經歷即使痛苦但從不白費，所以不要輕易地後悔，每個開始與結束，皆有它的意義所在。

願我們都可以活出屬於自己的人生。

月亮

0

如果委屈能被理解就好了。

1

我總還是有種錯覺。

有種我還是過去的我的那種錯覺，但回過神來才發現原來我早就已經不一樣了。

我開始沒有辦法坦承地面對自己、面對情緒、面對感情，反覆猶疑確認，有的時候下意識地否定，關上門。以前會選擇自己想相信的、想聽見的；現在我更多時候選擇什麼都不聽，什麼都不相信。

我開始懷念從前的自己。那個總是沒關係，大大方方地為心動買單，就算遭遇千百次挫折與失敗，仍然熱烈、真誠、坦蕩，偶爾彆扭卻願意試著去接納一切的自己，現在更多的竟是恐懼跟抽離。

2

你問我在害怕什麼？

我害怕自己受傷，也害怕自己讓別人受傷，我害怕沒有回應，我害怕努力後的一場空，我害怕我的熱烈僅屬於我自己，我害怕我永遠活在假設之中，我害怕那些依賴、需要和喜歡，都僅是短暫的一場夢。我只是不知道怎麼跟你說，因為我也害怕我希望你能懂，你卻不懂。

最害怕為愛脆弱的自己，容易哭，容易感性，容易共情，容易患得患失，容易恐懼沒有結果，然後故步自封，動彈不得。我不敢跟你說，我有點討厭這樣的自己。

如果你能懂，我會不會多出很多被我藏起來的勇氣。

無能為力

0

「但這也不是妳能改變的事。」

就是因為只能看著，卻什麼都做不了，才會這麼無力吧。

1

今天手上一個超混亂的病人突然辦理自動出院了。雖然他真的很討厭、很不乖，甚至會因疾病的急性期發作而混亂到常常聽不懂人話，動不動大小聲、進女生的房間……雖然顧他的當天下班都會筋疲力盡，但我還是希望他能接受治療。因為這樣狂躁的他，就連在醫療院所工作的我們都快處理不來了，更何況是對疾病不是那麼了解的家屬？作為一個醫療人員，我不太能理解這個自動出院的理由；但抽開這層身分，看到他跟配偶抱在一起後，配偶的淚從眼角滑下的瞬間，我也好想哭。

沒有人會真正明白家屬承載了多少的情緒和壓力，還有愛跟思念吧。有時候都會希望自己對待他們能再更有耐心一點，因為如果角色對換，我可能也會因為愛、擔心而顯得焦慮，甚至固執。這已經是超越對錯的問題了，但也是因為沒有對與錯，才讓人更加無力，就像家屬說的，這是他的決定，是媽媽都無法干涉的決定，而我們能做的最多，除了尊重，就只剩祝福而已。

「我不說再見，我也不要再看到你了，回家一定要好好吃藥，要乖乖聽話，你相信佛祖會保佑你，但你也要當一個乖乖聽話，珍惜身邊人的人，佛祖才會保佑你。」護理師還是很愛你的哦，畢竟就算你再怎麼混亂，都還是記得我是你的主護，而我也總是會偷偷地給自己的病人加一些分，畢竟護短是我的特質，希望你可以越來越好。

2

今天同事又唸我：「妳以後去會談要跟我說一下，不然我都找不到妳！」

其實是因為查房查到一半，看到病人心情很低落地坐在床上，才不小心又會談了一段時間。最近的他常常解離，出現各個不同的人格，而我只遇過一個，是個很害怕地抱著山豬玩偶，說著日文的小女生。他後來有告訴我那個人格的名字，但我忘記了，畢竟我真的不懂日文。解離在臨床其實是一個很神祕也很難界定的狀態，我鮮少遇到，也為此有點手足無措。

他說：「我已經不知道哪個才是真正的我了，每一天每一刻，我都在擔心下一秒我會不會就不是原本的這個我，我也不知道為什麼我會變成這樣，什麼都做不了。」但這又不是你的錯，我感覺我都哽咽了，用力掐住大腿才得以克制好幾次都在眼眶打轉的眼淚。這真的不是你的錯啊，無法控制自己、生病，甚至這麼無助，都不是你的錯，所以我希望你可以不要責怪已經很努力的自己，也不要強迫自己一定要為誰做些什麼，你已經很努力了。

他的眼淚掉了下來。

之後他把紙條塞進護理站，然後告訴我：「我好很多了。」

紙條上寫著，有妳真好。那瞬間，感覺胸口好脹。

我好像還是很容易動容，常常被病人氣得半死，下一秒又好心疼他們，每一次覺得自己快撐不下去的時候，曾做過的一切都會得到回饋，告訴我：「謝謝妳留在這裡，做妳想做的事。」就像前幾天跟朋友談到：「雖然我們很愛抱怨工作，但也因為見過無數人性中自私的一面，才能因為那些少數卻深刻的知足和感謝，而支撐起這困難的過程。」

3

謝謝你們的存在，間接地肯定了我的價值。

渴望

能有個可以說話的人，是很幸福的事。

前幾天得知一個壞消息，在教學病房工作的我負責的病人再度被住院醫生挑選為個案討論會的個案，而且剛好是我手上三個病人裡面治療性關係最差的那一個男病人，曾在戳了女病友胸部被約束起來後反問我說：「不戳她，那戳妳的嗎？」

我相當痛苦、懊惱、煩躁，甚至打亂了我一整天上班的步調。

被選為個案的意思就是，身為主護的我必須與他進行數場長時間的會談，我們要談及很多生理、心理的問題。但他情緒控管極度不佳，用力掛電話筒、甩門，幾乎都是日常標配，甚至在過去住院史中還出手打過護理人員。

抱持著還是必須完成工作的心情，我與他開啟了一段一小時的會談。他的情緒起伏非常大，坐在他斜對面的我可以完全地感受到他的憤怒，但整個過程也異常順利，如果不包含他一個小時內上了三次廁所的話，這算是一個收穫很滿的會談。

學妹後來關心我：「學姊，妳收集資料會談還順利嗎？」我想了想，回覆：還挺順利的，甚至我覺得這份搖搖欲墜的治療關係正慢慢地在好轉，因為他願意說，而我願意聽，我們都得到我們想要的。

在整個事件後，我對自己做了一場小型的檢討。我的確不太喜歡會操控護理人員的病人，更不喜歡動不動對我冷嘲熱諷、無法遵守病室規則的病人，但這些過多的個人情緒似乎不該被帶入工作。身為一個護理人員，重要的不是這個病人好或不好，而是我們到底能給他們什麼幫助？當你突破自己，願意在治療關係中踏出一步，很多事其實都沒有當初想的困難。

他跟我說了很多，包括求學時期被霸凌的經驗、家庭帶給他的負面評價和情緒。最讓我印象深刻的是，他說：「其實我只不過是想要他們愛我、關心我而已，而不是每次都批評我，否認正在我身上發生的一切，好像我是一個很丟臉的存在，這很難嗎？」是啊，有的時候就只是想要被關心，想要得到一點愛而已，這也是他們要的最多了，很難嗎？我也時常這樣問自己。

在會談結束時，我告訴他：「你渴望被關心、被愛，但每個人表達愛的方式不一樣，也許在情緒當下我們很難去釐清，很難去站在對方的立場想，但冷靜後你會發現，他們是關心你的，因為在這一個小小的醫院裡，有太多思念家人，卻已經好久好久沒跟家人見過面的人，但你的父母還願意對你生氣。可能他們說了一些傷人的話，而我們都知道那是不對的事情，但有的時候情緒是出自於在乎和愛，只是用錯了方式。當你希望被好好對待的時候，我也希望你可以嘗試讓自己冷靜地和他們說話、溝通，也許你會發現，某些憤怒的情緒，它並不真實存在，它只是來自於你渴望愛卻得不到愛的恐懼。」

他們只是希望可以有個人好好聽自己說話，只是需要有個人可以不批判自己地陪在身邊，只是渴望能夠感受到被愛、被在乎的感覺。他們要的很簡單也很難，而在這條漫長的治療路上，我們可以當一個最中立最客觀的旁聽者。

愛其實都在，只是用不同的方式、樣貌存在我們身邊。

願每一次的得到，都可以讓你們成為自己心中更好的樣子。

胃食道逆流

週五，天氣晴，睡夢中，接到診所來電，問我要不要提早到現場看診？瞬間醒來，和小妹兩個人急急忙忙起床盥洗。看診的過程很順利，只是意外，醫生提議擇日不如撞日，就今天吧，照胃鏡。放置靜脈留置針的時候有點痛，我一直都是惜皮的人，想起多年前因為眼皮上一道約一公分的撕裂傷，要上急診的簡易手術台縫合，我在外面的等候椅上哭了好久，當時的護理師肯定覺得我很荒謬。

對於沒有準備好就到來的一切，我總是容易不安忐忑，卻也明白，這世界上多的是這類的事，我們永遠也無法預知下一秒將會發生什麼。我躺在檢查床上，原本打算要計算我大概幾秒鐘會睡著，但下個瞬間，已經醒來躺在恢復室了。起身後的步伐很穩，走出去後就看見坐在候診椅上的小妹，突然有點想哭。在這樣的時刻有人陪真是太好了，一個人在外地生活久了，時常會忘記有人陪是什麼樣的感受，許多事已經太習慣自己處理和承受，忘記我也是有依靠的，我是能夠將困難說出口的，我是可以不用自己承受這麼多的。這些壓抑和隱瞞，反而會在爆發的那一刻，為愛自己的人帶來恐慌和擔憂。

醫生告訴我，胃鏡的檢查結果是中度胃食道逆流，可能也跟我的急性子有關，太容易緊張、有壓力，而自律神經和腸胃系統總是牽連在一起。囑咐我生活注意事項後，我就帶著將近一個月的藥物回家了。

許多事不喜歡拖延，講求效率和速度，但某些部分又愛跟自己過不去，明明先前有許多徵兆都指向不健康的隱憂，我卻總是忽略，將那些警訊拋之腦後。明明知道怎麼做對自己才是最好，卻總是一而再地做出那些不夠好的選擇。不夠愛自己是很可怕的習慣，一旦形成惡性循環後，就很難去破除潛意識的僵化思維給自己下的心理暗示。

你知道哪些事於自己而言才是最重要的嗎？

你是知道的，你只是暫時做不到，或者不想做到。

不是你的錯

0

有時候感覺自己是一個玻璃量杯，
看著易碎、薄且不堅固，但又可以承載許多複雜的物質。

1

以前總是很懼怕被貼上脆弱的標籤，不想給人易碎的感覺，更討厭有人用爛草莓來形容人。每個人的人生都擁有各自的困難和痛苦，那些藏在冰山底下的，都是我們所無法看見的痛苦和破碎，你不會明白，有些人一路走至此，割捨多少、擁有又失去的多少，既然不明白，那又為何要去欣羨、嫉妒或評論？

2

那是一個年僅十六歲的憂鬱症患者。出生在大家所羨慕的優渥家庭，她擁有許多他人想得到卻一輩子都得不到的，但她想要的，僅是平凡不過的幸福日常生活。第一次見她，她披著一頭長髮，靜靜地坐在床上看著教科書，乖巧地回覆我的問題；第二次見她，我問她為什麼會住院？她說：「都是我自己的問題吧。」我又問，為什麼會是妳的問題？「我的父母說我不夠知足，我的好朋友說我抗壓性太低，他們是我在這世界上最親近的人，連他們都覺得是我的問題的話，又還會是誰的問題？」她的表情很平淡，平淡到讓我感覺她像是在闡述發生在別人身上的事。

很多人都說「會得憂鬱症都是因為不夠知足、抗壓性不夠強」，但真的是這樣嗎？為什麼說這些話的人，不會覺得是自己過於狹隘？工作以後發現很多事，其中一件就是某些人總是很喜歡把問題歸咎於他人身上，檢討受害者，是這社會常見的病態。

在精神科病房工作，治療會談是一項特別重要的活動，很考驗治療者的專業程度和心理素養。好的會談會讓你更貼近問題核心，讓你更明白如何敲開裹在外面的殼，進而提供患者當下最需要的資源。那像是一場冒險，你需要經過層層關卡才能找尋到最深處。

許多時候，接近核心的這個過程，都令我鼻酸不已。

不明白為何無法選擇原生家庭的他們，要承擔這些痛苦；不明白為何他們所渴求的明明那麼簡單，對他們卻是最奢侈的事。

96

我不喜歡對病人說出可惜兩個字，
在我的世界裡，沒有人的人生該是可惜的。

破曉之時

好像真的需要很多偏愛和例外，

才能夠再相信愛。

光

0

你的溫暖只有被你照亮過的人才懂。

1

昨天整理備忘錄，發現這則二〇二二年的日記：

去年，在路上偶遇幾年前照顧過的病人。她跟我說，出院之後她偷偷搜尋我的臉書，之後找到我的社群軟體帳號，有傳訊息給我，但我沒有讀，之後在直播聽到因為治療性關係我們不能跟病人私下聯絡，就把訊息收回了。她跟我分享，出院後的這幾年她回去繼續讀書，也順利畢業了，沒有再住過院，在外面的診所穩定看診，也有固定在心理諮商，病情算是穩定，雖然還是要服藥，但相較於之前已經減量很多，她一直在為自己努力。

我那時候正經歷人生的低谷，甚至因此把帳號關成私人帳號。常常檢討自己，想到一些事情就鬱鬱寡歡，原本愛哭的我甚至哭不太出來，也不知道生活是什麼樣子，只知道，暫時就這樣，就這樣活下去就好。

她說她偶爾會想起那段短暫的住院時光，是段不想再有下一次的經歷，因為房間很臭，病友也都不洗澡，抓狂的時候很恐怖，每天不是看電視就是買電話卡打電話，也不知道要打給誰，於是最快樂的事，就變成等我上班圍在我旁邊嘰嘰喳喳，或看我被其他病友弄得氣急敗壞。

她說：「妳常說妳很不溫柔，但我覺得妳的溫柔真的是要經歷過的人才懂，那時候我都覺得妳身上有光。」「妳跟我們分享妳的工作、理想、人生經歷，鼓勵我們這群黃毛丫頭，然後自己講到泛淚的時候，還有幫我擦眼淚的時候，妳身上真的有光，妳知道嗎？」

我笑著說我還真的不知道，而且這樣說感覺我快升天了。她說看我的社群真的很難跟那個在病房裡罵人永遠都中氣十足、常常哈哈大笑帶給病人正能量的我連結在一起。她才明白原來發光的人也會有只屬於自己的黑暗房間，其實所有的壞都是可以接受的，因為那都不能代表我們，那並不是我們的全部。

她說：「不只在住院的時候有妳的幫助，出院後也是喔，想不到吧！應該有很多人這樣告訴過妳，而我只是妳工作中一個小小的過客。之前看妳回答『寫出自己的優點』這個問題時，妳說妳很苦惱，因為想不出來。我那時很訝異，原來很棒的人也會有不能認可自己的時候。很想跟妳說，妳的溫暖，只有被妳照亮過的人才懂。」妳的溫暖只有被妳照亮過的人才懂，所以不要去糾結那些不願意理解妳，不願意花費時間和精力在妳身上的人，他們也不值得被妳的光照亮。

雖然我常常想不起病人的名字，畢竟一年照顧的病人少說也幾百個，但他們於我而言並不是過客，而是我職涯中很重要的一部分。用信封好好包裹起來的卡片、職能治療活動做的手工藝品或畫、折成愛心的信紙、用廢紙寫的小紙條，我一張都沒漏地全都好好收著，幾乎占據我三分之一的櫃子，這些感謝跟愛，我都沒有漏接過。她說，那時候訊息沒有得到我的回覆有點失落，但可以明白我的身分和困難，也不想讓我為難。我想說你們真的都是好溫柔的孩子，我跟在乎你們的人一樣希望你們過上更好的生活，謝謝相遇，謝謝經歷，更謝謝一路上都沒有放棄的我們。

2

只要你願意，愛與溫柔，就可以透過你被帶到很遠的地方去。

允許

0

就完全地接受那些無藥可醫的一切，都是自己的一部分。

1

允許自己忙碌，也允許自己放空，允許自己需要的時候找不到任何人，也允許自己偶爾低落。允許自己為了未知的一切焦慮，也允許自己因為意料之外的變動而悲傷，允許自己像個廢人什麼都不做，也允許自己為了逃避而奔波。允許自己極度念舊，也允許自己狠下心來丟棄一切，允許自己減少社交活動，也允許自己忍著不適回覆需立即處理的訊息。允許自己活得不像個正常人，也允許自己戴起這社會認為正常的面具，允許自己在變成自己想要的樣子之前，先當個不像樣的自己。

2

低潮期的時候什麼都做不了，一部劇播放多久眼睛都無法聚焦，打開外送軟體反覆瀏覽最後還是什麼都不想吃。平時不管再怎麼累，睡滿七至八小時就會自動起床的我，昨晚睡了整整十個小時；為了拿到貨的書籍，在高達三十度的午後穿著保暖防風外套奔波；發現夏天來了，拿著冬天外套要去送洗，才發現今天是快樂的公休週日。

於是回家之後徹底地打掃了家裡，連廁所都乾乾淨淨，廁所的霉斑消失無蹤，地板乾淨得走起來都有摩擦感。決心淘汰已經蓋了多年的棉被，新挑的涼感毯要價兩千三百元，精打細算地用折價卷扣了四百元，再經過妹妹的同意才按下結帳的按鈕。還打了通視訊電話給最愛的媽媽，耐心地聽她倒那桶每天都在溢出的苦水。最後開始徜徉於書海中。

3

我拒絕會讓我感到受傷和有攻擊性的一切，我拒絕會讓我否定自己價值的一切，我拒絕會讓我感覺到不適的一切。只想完全地把自己淨空，再慢慢地填滿。

二十五歲的最後兩個月，我終於報名了汽車駕訓班，我想，如果買不起房，買車也可以，至少在這個賺再多錢都還是窮困的年代裡，還有一些東西是屬於我的，不怕被奪走。

破洞的地方仍會不時滲出些什麼，

不過我不知道那是水還是血。

4

我有愛我的人，儘管知道我不溫柔、不可愛、很龜毛，還是無條件愛著我的人。即使是在這樣的世界裡，知道還有他們存在，我就還會想好好地活下去，在狀況允許下，好好睡覺、吃點健康的食物、有力氣的話就運動，少吃點止痛藥。我想再被他們愛久一點，愛長一點，愛到我覺得時間都不夠用。

我想活下來，直到他們都離開，

離開之前永遠不用害怕這世界只剩自己一個人。

稜角

0

「妳是一個有稜有角的人。」

1

我以為我有試圖修得圓滑一些。

我這樣想，但沒有說出口，只是尷尬地笑。

「妳不用一直努力，為了不撞傷他人，或者因為害怕磕碰的缺角，就不斷讓那些事件去磨損自己的稜角。也許對某些人來說，稜角是不必要的存在，因為它會與他人產生碰撞而損傷，但心裡藏著太多柔軟和感情的人，正好相反，稜角的存在即是防護網，它的存在會讓妳少受很多傷害，會讓妳篩選掉很多不適合靠近的人。」

也許妳的工作、周遭的環境、面對的人……時常需要妳成為一個照顧者，需要妳不斷地去調整，或者過度顧及他人的心情和感受。但在這些之前，妳是一個個體，也有需要被理解、被體貼的時候，不可能一直都做出對他人最好的選擇。妳是需要稜角的，妳不用討好任何人，也不需要所有人的喜歡，若沒有為自己設下底線，那承受的一切，也不過是咎由自取。

別人的期待，是否真的比自己還要重要，是妳需要思考的事情。她最後這麼說，「妳需要先喜歡這樣有稜角的自己，才能夠接收到他人真正的喜歡，而不是讓匱乏者試圖從妳身上汲取什麼的利益交換。」總是感謝，非常多的感謝，能從你們眼裡看到很多不同的自己，也因為某些時刻的適度坦誠及尖銳，刺穿了我後，才能夠再擁有新的血液和思維。

2

意識到自己的能力有限，也是一件需要能力的事。

3

那天忙裡偷閒，小蔡留下來與我們聊天，他說他的朋友都說他看起來就是一個很愛去夜店的人，但他其實並不喜歡。是不是因為大家對雙子都有花心的偏見？我說我也不喜歡，那個地方讓我好尷尬好無所適從，腳趾頭會蜷曲起來的那種。我邊說邊脫鞋示範，小蔡噗哧笑了出來，突然說：「妳真的是一個好純粹的人。」似乎還帶著些微嘆息。雀在旁邊聽了，像隻可愛的小麻雀一樣，興奮地帶著手勢附和道：「是吧！她很真誠，也很真心，所以我很喜歡她。」我有點不好意思。被誇獎的時候，總覺得自己很像是被順毛的小狗一樣，耳朵先是豎起來，再慢慢地垂下來。周遭的人總是給我好多的愛與能量，原來「你如何對待他人，他人就會如何對待你」這句話還是真實的，雖然經歷的許多，曾讓我很難再相信，在這個快速變動的世界裡，真誠還能交換到真誠。

我問小蔡，為什麼覺得我純粹？「二十七歲的人，也出社會工作好長一段時間，大部分的人會為了迎合這個社會開始修飾自己、成為不是原本自己的樣子，但妳沒有。就很像一座冰山，妳知道嗎？冰山很多都是藏在水下的，但妳沒有。妳的喜怒哀樂都是可見的，從不遮遮掩掩。」他這樣說。雖然不知是好是壞，但那一刻內心脹脹的。總是告訴自己不要太仰賴他人給的肯定，但無法否定的是，在那麼多低落的時刻裡，我都是因為這些零碎的話語，才堅守存在的信念而活下來的。

「我覺得妳不適合去急診，也不是說不適合，應該是說妳擁有能夠和病人建立良好治療關係的能力，這個很棒，去急診太可惜了。」

不是所有的否定都是否定，某些否定是因為有更好的選擇，是因為你在的位置，就是屬於你最棒的位置，你在閃光，只是你沒有自覺。

你需要做的就是肯定這個自己，認可他的價值。

96

藍女士說：「要快樂。不快樂的話會產生自由基，對身體不好。」

嗯，長輩的話要聽，雖然他們吃過的鹽不一定有你多，

但活著的時間一定比你長。

倘若還能再對你說一句話，那麼我想說：

「謝謝相遇。無論快樂，無論痛苦，能夠相遇就是最好的事了。」

寄居蟹

0

我身上有許多連自己都討厭的樣子，所以我很難相信，你會喜歡這個連我都不喜歡的自己。

有時候覺得自己像是一隻寄居蟹。為了剛出生脆弱的身體，尋找一個堅硬的外殼來保護自己，受到驚嚇、感覺危險或是還沒適應環境的時候，總喜歡躲在堅硬的殼裡，以確保安全，不受到傷害。為了活在這個世界、符合這個世界期待的樣子而經歷社會化，就像寄居蟹在成長中一次次脫皮，是攸關存活的過程，不適也是可想而知的。

為了活下去、讓自己處於人群中而不突兀，我已勉強自己太多。在這條路上，鮮少有人告訴我，妳就該是妳原本的樣子，即便它不好看，即便它不好親近，即便它不被大多數的人接受且喜歡，那都是妳，妳不用活在他人的期待之下，妳要比誰都清楚，妳就是這個樣子，妳就該是這個樣子。

1

其實我是很慢熟的個性。每一次這樣脫口而出的時候，都先是一陣沉默，然後伴隨嬉笑。我明白那不是訕笑，僅是因為這與他們認知有所落差。人們大多僅能就自己所見、所觀察、所感受到的去下定論，這是一件再正常不過的事；有很多時候，客觀也還是會摻雜我們的主觀意識，而不夠客觀。維持一個環境的熱鬧、不尷尬是我擅長的事，但矛盾的是，它也是我不喜歡的事。大量的社交活動結束後，往往感覺自己奄奄一息，會有好長一段時間不想與人有太多互動，需要沉浸在一個人的世界裡，反思、沉澱，才能將本質與偽裝分隔開來而不失去原本的樣貌。就像一杯被搖晃過的果汁，在經歷靜置後，沉澱在最下層的那些，好像才是我真正的樣子，它並不純淨，有許多雜質，是沒有被完全過濾的果渣，但誰不是這樣的呢？

想起張曾告訴我：「不要去愛上一個未能看見妳本質的人，也不要試圖將自己包裝得好看，只為了被誰看見或喜愛。因為妳比誰都明白，那才是妳真正的樣子。」起初還是很難做到在他人面前呈現赤裸的樣子，那像是將最柔軟的腹部暴露在外的寄居蟹一樣，隨時都可能遭遇危險，因為意外而重傷或死亡。所以我很害怕，害怕那樣的狀態會使我受傷，也害怕我的過度防衛會傷害到他人。但也明白，這世間的許多關係都是一種交換，那樣的交換並不僅是利益的權衡，還包含真心的交換，以及對等的給予。當你希望別人可以用你期待的方式對待你的時候，你也要學習用同樣的方式對待他人，那樣才不會失衡，忽上忽下地，頭昏目眩，難受不已。

害怕很多事，害怕自己真實的樣子不夠好看，害怕自己那些藏得很深的醜陋太過巨大，害怕他人承接不住不夠陽光的自己……但明明再清楚不過的，我不會總是一直跟相似的人相遇，不能拚命用過去無數次的痛苦經驗去代入錯誤公式，最後只會發現得出的答案都是亂碼。我應該往源頭去探尋，不應該把每一次的失敗全然歸咎於是自身不夠好。每一次義無反顧去愛一個人的時候，我從未在乎他們覺得不好看的地方，從未因為那些瑕疵和缺陷就輕易地捨棄一段關係，那我又為什麼要認為那些失敗的結局，都是因為我內心的角落不夠明亮呢？也許自始至終，都是因為我太想要他人能看到自己光亮的那面，就把那些最深處的傷掩埋得更深，所以沒有辦法更加靠近，沒有辦法更加親密，於是僅能如此，隔著遙遠的距離擁抱。

再更遠一些，就不小心把他們給搞丟了。

2

所以我很難忘記林每一次大膽又小心翼翼地靠近的時刻。他一次又一次走到我身旁，輕敲我的殼，耐心地詢問在裡面安靜無聲的我：「妳還好嗎？」「妳不想說我也不會逼妳。」「妳不要害怕，可以告訴我妳的需求。」就算我拖拖拉拉地不想或不敢說，就算我支支吾吾地令人煩躁，他都沒有放棄，就只是耐心地等在殼外，摸摸我的殼，告訴我，一切都沒事，有他在，不要害怕。每一次想到都心懷感激，原來我也值得耐心，原來我也值得一份笨拙卻真誠的愛，原來我是真的可以說出那些連自己都覺得不堪的陰暗面，原來理解和包容不是密不可分而是獨立的。

我終於可以交付了，那些連自己都害怕的低落情感，那個連自己都很難喜歡的樣子，因為我遇見了一個人，讓我相信這世界上，真的會有人即使不一定能夠接受，但卻願意用盡一切努力去理解妳，他願意和妳一起努力面對而不是逃避問題、情緒甚至所有困難，因為他想和妳在一起，他想讓妳知道，這世界這麼大，不可能沒有妳的容身之處。

經歷那麼多連妳自己都想放棄的時刻，妳終會找尋到一個合適的殼，用舒適的方式生活，與一個耐心且富有愛的伴侶相遇。就算遇見再大的困難，也不要輕易地被打敗或者放棄。親愛的寄居蟹呀，妳要保護好最脆弱的腹部，害怕的時候就躲進殼裡，沒有關係的。沒有人不害怕受傷，那並不可恥也不可憐，妳有堅硬的殼，妳才是那個可以保護自己的人，也是因為妳是妳，才能擁有這麼多值得擁有的一切。

過度

在上一段關係裡，我學習到最多的就是——

放慢腳步，用不同的角度，審慎思索一段關係。

不去過度思考和解讀一些存在在言語背後的意義，專注在實質的行為上。不為自己或對方找藉口。不過度仰賴他人的意見與想法，但要適時求援不逞強。不刻意武裝自己，不輕易相信，但也不質疑他人的真心。多留點空間和時間給自己，專心整理雜亂的情緒，在那段時間中不思考與自己無關的一切。相信一切都有應有的軌跡，一切發生皆有意義。它來了，便接受，不想接受就改變；它走了，就努力學習放手。不強留任何一件自己很喜歡、很捨不得，但卻不再適配，甚至讓自己不斷處於自我消耗狀態的人事物。

本質

0

那天我接到她的電話，話筒那端鼻音很重，這是相識十年以來，鮮少聽見的聲音。她說：「我不知道自己怎麼了，我是不是也生病了？」妳不是生病，妳只是累了，我這麼回。能消耗的能量是有限的，心中能夠容納糟糕一切的空間也是有限的。我們不能一直強求自己要在狀態不對時維持最佳的樣貌，或者是在需要求救的時候告訴自己：「我還可以。」這不是對自己的鼓勵，是明知不行，卻強迫自己去做，是警訊，也是對自身的忽視。

1

我們總會誤以為，長大就是必須成熟，不能輕易掉淚，有苦也不能言說，不能成為他人的負擔，必須自己堅強熬過某些時刻。但不要總覺得不能麻煩別人，有時候感情就是透過互相麻煩而來的，會不會我們的客氣，在愛的人眼裡，其實是一種不信任？

想起那些自己一人痛哭失聲的深夜，濕了又乾、乾了又濕的被單，扒著馬桶乾嘔，反覆聽著同一首歌、咀嚼同一首詩。確實曾有希望能有個人接住這個正在下墜的自己的想法，只是我沒能伸出手，也許那樣的我，其實並不想被誰拯救。因為所有的一切都是有限的，愛是，幫助是，陪伴是，給予或得到都是。

2

「愛是需要能力的」，那通電話結束後，腦中突然冒出這句話。無論是愛還是被愛，都是需要能力的。從前覺得一段關係有愛就夠了，愛是最重要的事，它的存在讓我們多了面對困難的勇氣，直到後來發現愛仍重要，卻不是唯一重要的。倘若沒有愛的能力，那麼關係的失衡是可以預見的；倘若沒有被愛的能力，又要如何與對方建立緊密的關係？

愛始終是美好的，但它並非無堅不摧。

3

不要害怕困難，你需要的話，我會一直都在。

柔軟劑

愛的存在，是真的會讓人變得柔軟。

昨天熬夜到凌晨，只為了把《雲端情人》看完。很奇怪，我其實不是一個會在家看電影的人，沒什麼耐心，也沒什麼專注力，即使再喜歡的劇，都會拚命按快轉，卻在一個人的深夜裡，這樣默默地咀嚼完一部兩個小時的電影。

有的時候，喜歡跟愛，真的可以讓人變得很不一樣，無論是容易快樂、容易滿足、容易哭，還是容易碎裂，都是一種神奇的力量。

愚人

我想要我們一起淋雨，而不是撐傘。

我想要我們並肩而走，無論誰走在外，誰走在內；我想要我們陪彼此度過，無論是快樂還是傷悲。

僅是陪伴，不需要救贖，因為從來都沒有任何人可以救贖自己。

浪漫

為什麼人們總說，兩人因不了解而走到一起，又因了解而分開？是不是在這樣快速變化的世界裡，我們都沒有安全感，都害怕失去，而總是在開始時過於衝動地進入一段關係，衝動地擁有。直到真正進入關係後才發現，原來我們是那麼不相像，甚至不相配，有許多需要磨合的地方，但無力去溝通，無心去維持。

那麼人們究竟為何要急迫於進入一段關係呢？

原來在這樣的時代裡，能放慢腳步去了解一個人，竟是這麼浪漫的一件事。

自白

0

我知道那種空洞的感覺有多令人恐慌，但比起恐慌，
我更害怕在那個位置上放錯了人，卻又提得起，而放不下。

1

你也是這樣嗎？因為害怕失去一個人，所以更加用力，恨不得掏空自己，把能給的一切都給出去，只為了留下一個不再想留下的他。我曾經也是這樣的，對回報抱有期待。也許很多人會說付出並不是為了得

到，但那是不可能的。付出久了，仍是會期待能有所回報的，也許是物質，也許是被愛，也許是被在乎被放在心上。

對自己誠實一點吧。坦承地面對自己、面對那些欲望，這並不可恥，更難受的是你明明有所渴望卻總是壓抑，欺騙自己只是想對他好而不奢求任何回報，卻總在失衡無法承受的時候崩塌。

心很空的時候，要小心翼翼地將自己放進去，而不是拚命把任何人往裡塞。你要在心中找出自己的位置來，才不會總是越愛越失衡，總是永無止盡地卑微退讓、付出，只為了換得某些人的在乎。這樣不在乎自己、把自己縮小到無地自容的你，是不會被好好珍惜在乎的。不要內耗，你是有能力去愛的，只要你懂得如何去呵護自己，那些被拋棄的劇情就不會一而再再而三地上演。

2

今天的學習：愛自己的第一步是試著寬恕自己，無論發生任何錯誤都不要過度苛責自己，適當地反省是良好的事，但將過錯拚命往自己身上攬是病態的。

每一次你憎恨、討厭、想放棄自己的時候，請你好好看看這個破碎不堪的自己，並問：「你真的這麼不堪嗎？你真的有這麼糟糕嗎？」也許你仍然會固執地回覆：「是的，我就是這麼糟糕，我就是這麼不值得被珍惜、被愛。」

那就讓我來回答你，不是這樣的，無論遭遇多少的困境和磨難，你都是最珍貴最獨一無二的，倘若真的需要什麼證明，那麼你正在呼吸、正活在這個世界上，就是最好的證明，你的好不需要依靠任何人來複驗，你就是你，最好的你。

睡前好好擁抱傷痕累累的自己，你辛苦了，
哭完好好睡一覺，晚安，祝你有一個好夢。

純粹

日出、日落、藍天、白雲、晚霞、大海、山林、熱水澡、冷氣房、書、奶茶、植物、迷路而誤打誤撞看見的田野小路、在我眼前飛來飛去的蝴蝶，這些都能讓我好開心。

我始終覺得，當一個容易滿足的人，會擁有更多。即便偶爾會因而太輕易相信他人，即便偶爾會因而讓他人覺得對我好是太過容易的事。我還是想當這樣純粹的人，即便不被理解，即便遍體鱗傷，即便總在迷路，我也相信，相信那些不珍惜和傷害，並不是因為這些純粹。

前方還有好長一段路，一路上還會與許多人相遇，我相信會有那麼一個人，和我一樣純粹，和我一樣懂得珍惜和滿足，我們可以僅是相視而笑，就感覺幸福。

布丁

0

在這世間能感到快樂，是因為擁有所愛之人，卻也同時，因為這樣的擁有而感到痛苦萬分。

1

去年外婆過世，我們在林邊老家翻出很多當年被八八水災侵蝕的舊照片。想著要找時間買相簿把這些照片整理好，畢竟人走後，除了記憶，也僅剩相片能夠回味了。但就一直拖著，直到前陣子約了朋友去逛街，才終於買好相簿。這幾天回家，竟也是把它擱著，不知為何，心裡竟有點抗拒翻閱那些舊照片，害怕有什麼東西翻天蓋地而來。

我先是在之中翻出妹妹從前畫的全家福圖畫，又翻出二〇〇七年時我寫給媽媽的信。一下子地，眼淚竟是怎麼樣都止不住，準備去洗澡的妹妹聽見我的哭聲，驚恐地打開我房門問我還好嗎？我說沒事。然後又一個人自顧自地哭了好久，這大概是自去年外婆過世後，我哭得最慘的一次了。

十幾年前的我，究竟用那樣小小的身體和年紀承受了些什麼？如何在一個十歲不到的小孩和長姊的身分中間取得平衡？抽離一切看著那一字一句，實在很難想像當時的自己是怎麼飽受思念之苦、承受精神上的壓力，度過那些日子的。那些躲在棉被裡和弟妹一起哭的日子，似乎已經過去好久好久了，又好像從未過去一樣。生理的遺忘和心理的放下始終是兩回事。

一次又一次地看著自己身處的世界崩塌又重建，一次又一次地期待又落空。我看著信上的我用著曾經熟悉不過的字體寫下：「原本想做布丁給你吃的，我去借了食譜來研究，結果你不會回來了。」「我會選擇默默地，這樣你才能安心，才不會掛念我們，所以我才會這麼鎮定，讓大家覺得我不傷心。」「我好想一直一直和你在一起，但我知道不可能了。」一邊看著，竟覺得好笑，卻又為當時的自己難過。那時候的我，究竟是用了多大的力氣才能不感覺絕望？

在那麼多自顧不暇、痛苦不堪的日子裡，我擔心的仍是會不會給他人造成負擔，會不會讓人牽掛。年僅十一歲，仍很需要家庭溫暖跟父母愛的我，做的不是哭求、不是掙扎，而是放下，深怕所愛之人，因為我的痛苦而更加痛苦，我考慮了很多，卻好像沒有考慮到自己是那麼需要被愛，被安撫，被保護。

2

前幾天，林突然問我，你愛你爸嗎？我頓了頓，這是第一次有人這樣問我。我愛，但也恨。愛他給我來到這世間體驗人生的機會，恨他給我那些破碎和痛苦。我沒想過有一天我能這麼坦白地向他人說出這些感受，更多時候，我是不知道該如何陳述這些心情和過程的。有好長一段時間，接到爸爸的來電顯示，我就會緊張、焦慮，手抖個不停；而有時候他因為生氣而提高音量，我的眼淚就會馬上掉下來。

很多人會疑惑，問我出生在這樣一個不愁吃穿、不用背學貸的家庭，有什麼好不快樂？剛開始聽到這些會覺得委屈、難過，後來反倒覺得好笑。自己所承受、經歷的在他人眼裡僅是大驚小怪，也竟這麼輕易因為這些言語就否定自己。但他人又是站在什麼位置，用什麼心態來評論他們未曾經歷過的一切？

那些期待有人能伸出手的日子，那些眼睜睜看著一切在眼前支離破碎的時刻，那些想哭卻不能哭把下唇咬出血來的時候，我想我從未忘記，只是盡可能地把它埋在心裡更深的地方。我從不輕易地去討厭或者恨一個人，因為我比誰都明白，那些恨是怎麼摧毀一個人，那些恨是怎麼讓一個人甘願被困於原地無法動彈，那些恨是怎麼讓我們不去直視愛的所在而變得面目可憎，那是我最討厭也最害怕的樣子。所以即使這一路上，難免遇見傷害自己的人、無法原諒的人，我都不輕言恨這個字。恨的背後藏著的，其實是害怕跟在乎，那些無法得到、那些不甘心，都是我們放不下的證明。

3

我翻閱著舊相簿，發現有好長一段時間，照片裡的我都擺著一樣的姿勢，沒有笑容，僅是僵著一張臉。那本相簿，我沒有看多久就蓋上了。那個階段的自己，連我自己看了都覺得討厭，原來很多東西都是可以被留下的、騙不了人的，快樂是，不快樂也是。我是那個家裡最不會撒嬌的大女兒，愛鬧脾氣，既倔強又固執，我想那時候的自己可能不想留下，也不想被記住吧。

想跟十九年前的自己說：「不要擔心，未來的妳過得很好，妳愛的人也是。妳儘管做那個年紀該做的事，開開心心的，不要有遺憾，不要後悔，這樣就夠了。答應我，妳要快樂，好不好？」最慶幸的是，這麼多年過去了，所愛之人還在我身邊，談不上過上更好的生活，但起碼一直擁有快樂，真好。

也許能夠始終良善，是因為堅信著良善的人終會有好的回報。

原諒

0

前幾天和病人會談將近了半小時之久，一起探討發病的契機。從很久之前開始，之中的歷程、掙扎、痛苦，和那些不被身旁的人所理解、接納的一切。別人都會訝異，怎麼這麼小的時候發生的事情你都還記得？但他們不知道，有些事一旦發生了，那個傷口一輩子都不會好，尤其是童年創傷，正巧在我們人格發展最重要的階段所經歷的一切，也許可以說是它們讓你成為現在的自己，又可以說，它們就是現在的你。

她說她不能理解，在那些傷害發生的時候，為何最親近的父母無法保護她？又為何在事隔多年以後，還總是叫她放下？明明他們也經歷過相似的創傷，為什麼卻不能理解她的放不下？我凝視著她的眼睛，彷彿可以看見她靈魂所受的傷、所乘載的痛苦有多重。

蔡康永在參加《奇葩說》這個節目時，馬東說了一句話：「隨著時間的流逝，我們終究會原諒那些曾經傷害過我們的人。」蔡康永問現場的觀眾：「有沒有一個人，做了一些事，讓你一輩子都不會原諒他？」這時候全場只有一個女孩舉手，然後默默掉下眼淚。

蔡康永說：「有一點感慨，我們都有這樣的時刻，會想到一個我們過不去的一件事或一個人。馬東講的，那不叫做原諒，叫做算了。我們活久了的時候，會覺得累了，我們跟自己說，算了！」

那不叫放下，那叫算了。

這世界上從不存在完全的感同身受，我們都是不同的人，有著不同的感受，更何況從未經歷過的人？他們又是以什麼樣的立場、心態來勸說我們放下？有些自認為的善意，對擁有這些創傷的當事者，反而是更深的傷害。

1

她說她很不喜歡住院，上次短暫地在其他醫院住院，結果一出院就傷害自己，準備跳樓。有研究指出，精神科患者在出院後三個月自殺風險將達到最高峰，這是一個需要身旁的人密切關心的階段。她問我：「護理師，妳不覺得活著沒意義嗎？」我搖頭說：「我時常覺得人生沒有什麼意義，但也因為這樣我才想活下去，因為我想看看我能為自己的人生創造出什麼意義。」

她告訴我她選擇了一個可以幫助人的科系，還念到了碩士，因為她想把她的人生經歷寫成論文，幫助更多跟她相似的人。但在過程中她發病了，中止了學業和這個計畫。她感覺自己更無能了。

好像很常遇到病人跟我說：「我想幫助更多人。」有這樣想法的你們真的好善良，即便這世界帶給你們慘不忍睹的經歷和痛苦，仍想給出什麼。但希望你們可以明白，在任何給予之前，都需要有足夠的能力來好好幫助自己。

在過程中我也嘗試進行一小部分的自我揭露，與她分享我的童年創傷，曾經的那些憤恨、怨懟，以及無處宣洩的無力和痛苦，又是如何走到現在，如何與自己、父母和家庭和解，如何面對這個我曾覺得殘破不堪的人生，到今天可以陪伴許多病人走這條路。

如果無法幫助自己，我想我誰也幫不了。

高度的自殺風險，伴隨著自殺計畫和意念，對人生的無望感，不夠飽滿的支持系統。她跟我說想死，我能給的總是有限，因為身為一個精神科護理師，我不能認同或鼓吹這樣的行為，但我認為人都是有所選擇的，無論是活下去還是停止這一切，我永遠沒有批判任何人為自己人生做選擇的資格。

她說：「我知道妳是護理師，這樣專業的角色，幫助人的身分，是不能叫我去死的。」我點了點頭：「對，但我也不會告訴妳，怎樣的選擇才是好的，因為這是妳的人生不是我的。但我可以告訴妳做每個選擇可能產生的後果，供妳全方面的參考。」說完，我俏皮地朝她眨了眨眼睛。

對話沒有延續，臨床繁瑣的雜事、文書，讓我們就連陪病人進行一場專業的治療性會談都是件難事。她即將要出院了，今天我在量血壓的時候，她在我背後開心地說：「護理師！我要出院了！」我笑著說：「我知道！但會不會又準備去跳樓了？」她笑著說：「不會啦！真的！謝謝妳跟我說的那些，我這幾天想了很多喔。」我轉身看著她的眼睛，眼尾上翹，好像在對我說：「我走啦！我要去開啟自我療癒的路啦！」

妳很棒，妳一直都很努力，妳要一直這麼記得。

2

活著與凋謝，沒有人會知道哪條才是最好的路。
但願你們經歷這些後可以長出屬於自己的果實，
恭喜出院，願妳平安、健康，並且一直快樂。

努力

最近有一個病人一直反覆地更改伙食種類，只要到吃飯時間她就會一直乾嘔，今天她甚至來來回回地把便當拿出去又拿進來，但一口都沒吃。她問我：「我晚上可以泡泡麵嗎？」我說：「妳飯一口都沒有吃，卻跟我說要吃泡麵，妳覺得我該給妳吃嗎？」後來她還是把便當拿走了，但只吃了四分之一份。她看著我說：「我只有吃這樣，可以領泡麵嗎？」看起來有點不安，我笑了笑說：「可以。因為妳努力了，妳願意努力，所以值得鼓勵。」晚上交班同事說：「她只有吃這樣妳還給她領泡麵嗎？」

是的，她只有吃這樣我還是給她領泡麵，因為我明白努力而不得是多麼痛苦的事情，所以我希望那些有在努力的人，都能有人看見他們的努力，並且認可他們的努力，這樣或許能夠讓他們更有動力再努力。只是下一次我的標準不會這麼低了，這樣才能真的進步。

願你們的努力也都能被看見，就算沒有也不要放棄這麼努力的自己。

她是一個可愛的孩子，在求學過程給自己很大壓力的孩子。明明在外人眼中已經足夠好了，卻總是覺得自己不夠好、不夠努力，想被看見，又害怕被疼惜，如此矛盾。她抱著厚厚一疊教科書，深怕住院耽誤到讀書的進度，我陪著她講了好久的話，最後跟她說：「我不是妳主護，但如果是，我肯定會限制妳讀書的時間。別人的問題是不夠努力，而妳的問題是事事太過努力。小心我沒收妳這些討厭的課本！」我不想要你們在十七歲這個年紀日夜不分地讀書，為了成為頂尖的人而放棄快樂，召喚痛苦。

我希望你們盡情地體驗這個世界，體驗只屬於這個年紀的自由。

我希望你們盛放成一朵花，我希望你們追逐的都是心中所想，都能擁有快樂。

我希望你們知道，你們真的很棒，無論是什麼樣子，那都是最獨一無二的自己，你們的價值不應該從比較得來，不應該時時刻刻活在競爭中兢兢業業。人生有許多許多事，是教科書裡怎麼都學習不到的。

例如愛、例如被愛，又例如快樂和排解悲傷。

你已經很棒了。

一起恐懼好不好

手上主責的個案中，有一個病人很年輕，卻已經使用到最後一線藥物，然而仍然沒有什麼效用。他最常做的事情就是躺在床上，沉浸在症狀中，包括幻聽以及各種妄想。

那天上班突然聽到他的嘶吼聲，於是和同事急忙跑了過去。他非常憤怒，言談中都是幻聽如何干擾、操控他。我們提出給他一個安全空間冷靜的意見，但他拒絕。我看著他問：「為什麼幻聽干擾你這麼嚴重的時候，你都不來尋求我的幫助？」他用著悶悶的聲音說：「我覺得妳幫不了我。」那瞬間，我感覺整顆心沉了下去，很重的無力感升起。我柔聲：「你都沒試著告訴我，怎麼知道我幫不了你？你就是不信任我，不信任我的專業啊。」後面這一句，實在有失專業地夾雜著私人情緒。他低下了頭，默默說：「我怕妳受傷，妳幫我的話，就會受傷。」我堅定地看著他，指了指我胸口前掛著的執業證照說：「我不會。我是你的主責護理師，這是我的專業。我會陪著你啊，你不是一個人在面對這些，你不要害怕。你要學習告訴我，做了才知道我到底能不能幫你。」你不能沒有嘗試過就否定這個結果，但我可以明白這樣的恐懼。

不要恐懼啊，如果真的恐懼，那就一起恐懼，一起面對這個恐懼。

想起某一天，睡前安全檢查的時候，他躺在床上望著我，突然開口說：「妳心情不好嗎？」但那天他幾乎都這樣一個人躺在床上，除了治療時間，我們並沒有過多的接觸，甚至沒有說上幾句話，更多的時候，他都沉浸在只有自己跟症狀的世界裡。所以我忍不住笑了出來，問他：「你可以感受到我心情好不好？」他從來都不是一個會把關注力放在他人身上的人，也許更正確來說，他沒有這樣的能力，在病況這麼糟糕的階段裡。他想了想又說：「一點點吧。妳有一點點不開心，但又還好了。」這段對談，其實欠缺邏輯，且思考鬆散，我無奈地笑著搖頭。

我就這樣站在他床邊和他對視，準備繼續忙工作的時候，他突然笑了出來說：「妳就是那種人家跟妳說說話，就會開心的女生。」說這句話的時候，他的眼睛在發光，笑得特別開心，很像一隻小狗狗在討人摸摸牠的頭。是啊，我就是那種特別容易開心滿足的女生，看你們每到晚上吃零食時間，一個個吃泡麵都吃得很香，我開心，看你們高興地笑，我開心，看你們能夠暫時不理會幻聽跟我說說話，我也開心。但這樣純粹的開心和容易滿足，永遠只留給值得的人和事，你要有你的底線，你要知道什麼樣的人才足以匹配這些單純和美好。

我想，我永遠喜歡溫柔的人和事，那永遠使我柔軟。

挖掘

謝謝今天的你仍然很勇敢。

「護理師，妳平常都怎麼宣洩情緒的？」那天病人突然這麼問我。我愣了一下，然後笑著說：「哭啊，我是一個超級愛哭的人，什麼事都能哭。」大廳各處的病人突然都圍了過來，然後一個一個提出想法，有人說：「真的假的？我原本以為妳是一個女強人。」提出問題的病人則是回應我：「我原本以為妳是一個很堅強的人。」我搖了搖頭：「我是啊，但相對的我也很脆弱，所有的事情都是一體兩面的，而人也不可能只有一個樣貌，我有的時候很堅強，有的時候很脆弱，這都是我。」

最近因為在深入地了解自己，所以看了很多心理相關的專欄，也就順勢跟一群因應能力不是那麼好的病人分享了美國心理治療師薩提爾提出的「冰山理論」。「自我覺察」是一件重要的事情，唯有去認識自己、接納自己、調整自己，才能在某些事件或者情緒來臨的時候，好好地處理它，而不是讓它們成為堆積在心中一件又一件的垃圾，最後困住自己，寸步難移。

從談論自我覺察到如何面對原生家庭的議題，共花了二十分鐘的時間，但我卻一點都不覺得浪費，雖然最近的我實在忙得天翻地覆，忙得心力交瘁，但看到他們都很認真地在聆聽以及跟我討論，真心地感到滿足，最後病人對我說：「謝謝妳給我上了一課。」我才想說，謝謝你們讓我的付出成為另一種獲得。

迷途

最近體會到迷路的美好。

多年前我是一個連看導航都可以迷路的人，每一次騎車總有種被地圖支配的恐懼，太在意、太想抵達所謂的目的地，卻錯失一路的美好。

多次走進那些不在導航預設的小路之後，才發現原來迷路也是一種美好。好幾次停下，在路邊感受風的吹拂、夕陽的粉紅、偶爾經過的機車、蟲鳴鳥叫……遠離紛擾，不被任何事物隨意支配。

原來允許一切發生，真的可以讓自己放下那些焦慮，那些看似是錯誤的過程，總能讓人意外獲得什麼。

快速留言

C很喜歡在我回家的時候來高鐵接我。她喜歡那個短暫交錯的時刻，喜歡我們在那段時間裡交換一些什麼，也許是近況，也許是心情，也許是一起喝一杯飲料，也許什麼都不說，一起享受音樂跟中部的陽光。通常都是她主動開口邀約，我選擇要不要接受。好像不是很擅長主動維繫一段關係，比起長時間緊密的連結，更習慣一個人默默地關心或分享些什麼。

最近她的生活發生了一些變動，我難得主動地詢問她要不要見一面？她想了想說：「我還需要一些時間梳理我的感受。但我會一直在這邊，不會不見。」我在對話框打出，我知道，但我不會主動去敲門，如果妳需要，妳可以來敲門。送出的同時，我看見她那邊也彈出一句，我會自己敲門。

很多時候，是不需要言說的。

我很喜歡這樣的默契和距離，這讓我感到很安全也很舒適。

快速留言嘟聲後請按#字鍵！

我會盡速回覆您。

梗塞

閒來沒事或者覺得心中有什麼被梗塞住的時候，我特別喜歡看我同事記錄日常的文字，一些情感的宣洩抒發、或者漫無目的探索。看似沒有意義的日常記事，一次兩次三次，咀嚼久了都覺得後勁很強。總覺得那扇窗看出去的世界又大又奇妙，偶爾也窄得讓人覺得光是擠在一起就能生熱。

才發現精神科真的是很奇妙的一個地方。更準確一點說，精神科是聚集很多奇妙人類的地方。想起H多年前和我說的：「我覺得會來精神科工作的人，或多或少都有一些特質，奇怪的，奇妙的。」然後他是奇怪的，我也覺得我是奇怪的，我們是兩個奇怪的人，一起討論著其他人的奇怪，一起奇奇怪怪，再一起可可愛愛。

喜歡藏在文字裡那些偶爾需要被挖掘，偶爾需要被適時忽略的情緒。藏在裡面，可能很深很深的地方，讓讀得懂的人讀懂，或者讓願意讀懂的人，去讀懂，如此奧妙，很像我孩童時候最愛看的那套書《十萬個為什麼》。

聽說這是最能代表雙子座小孩的一套書。

這是我的

假期的第一天，很臨時地與刺青師相約，一個人隻身前往陌生的台北，在下班人潮高峰期的台北車站，慢慢地走路，慢慢地聽著音樂，慢慢地找尋指標，慢慢地依照指示換線轉乘，到達一個不熟悉的地方，再一個人跟著google map漫步在熱鬧的大稻埕街道。騎樓上密密麻麻的攤販、等待晚餐的人們、並肩談天的情侶……汗流浹背地一個人到達目的地，我站在路邊吸著珍珠奶茶，看著粉橘色的落日與淡藍色的天空，竟徒生出愜意的感受。

隨著年紀的增長，發現自己越來越喜歡藏身於人群中，看似不是一個人，卻又是一個人，這樣的孤獨讓我有點上癮。想起讀書時期，我特別害怕寂寞，幾乎做什麼都需要被陪伴，從宿舍走至教室、吃飯、逛街，只要離開房間，一個人都會讓我無所適從，就算有那種非得一個人的時刻，我也總是會低頭看手機，或者將手安置在口袋裡，那是沒有安全感的展現。如今我竟能在從前感覺突兀且不適的狀態中，找尋到屬於自己的位置。

這是第一次與庭見面，有點緊張，全身的汗腺都被刺激，毛細孔張開，不斷地滲出汗。一個小時、兩個小時，三個小時過了，我竟有些飄飄然，那是一種靈魂與另一個靈魂產生共鳴的酥麻感。我們幾乎是無邊無際地談天，自身、家庭、過往的經歷，像是張開手邀請另一個人進入到自己的安全區域一樣，那麼地赤裸。她說：「妳是貼心的人。才碰第一次面，就像見過一千次一樣。妳很好，讓人很舒服的那種好。」我感覺自己像是一隻炸毛後，被輕輕順毛的小寵物。冷氣安撫了我拚命張開的毛細孔，而那些輕柔的話語，撫平了我毛躁焦慮的神經。這世間是如此的奇妙，人與人之間的相遇也是，與相識的時間無關，與我們是如何的人無關，與我們的經歷無關，就是靈魂之間單純的共振，一切都是這麼地美好，那些初見就像是一場又一場的久別重逢，令人自在且安心。

我發現自己在煩躁的時候，若無法在調整下回歸平靜，就會找尋一些改變來讓汰換舊的自己。首先是剪頭髮、其次是刺青，好像透過這些改變，才能意識到我仍舊對自己有主控權一樣，而不是不斷地失控，然後墜落。

原本選定的句子被領走了，於是一整個晚上都陷入計畫變更的焦慮和徬徨，找了很多個備案，不斷被選擇障礙牽著鼻子走，直到辰問我：「這句要刺在什麼位置？」「手臂內側吧？」「那抱妳的時候看得到這句話欸！」

突然覺得好浪漫啊，那就是你了，「過來我抱抱你。」於是，這句也是唯一朝向他人方向的刺青，它就在可見的地方，張開手就看得到的地方！我一直都在你們可見的地方，隨時可以過來抱抱！

在刺這句話的時候，是痛感最明顯的。我想，就跟抱抱本身一樣吧。可能是相聚，也可能是分別，可能是第一次，也可能是最後一次，有時候擁抱讓人感覺疼痛，但都不影響它的溫暖。

喜歡抱抱，但也有點恐懼界線的模糊，以及過度的親密，很像兩個靈魂被揉在一起一樣，好近！好近！有的時候也會不小心耗盡。原來我也是有點害怕被人靠近的，可能就是既渴望又害怕，這麼矛盾。在觸碰到的那一剎那，即使兩人都一語不發，卻像是向彼此訴說了千言萬語，嗯！一整顆心都像是被放進微波爐加熱的麵包一樣，變得軟軟的。

界線還是必要的，但也許有時候可以不用那麼分明，可以模糊一點，可以好好享受人與人之間的親近，可以享受透過抱抱傳遞到自身的溫暖和愛，什麼都不用說，但好像什麼都說完了一樣，那麼貼近。

我很想寫些什麼讓你懂，但又害怕你真的看懂，
例如那些深刻的喜歡和依賴。

所有的傷心、焦慮、欣喜，

這些我深陷其中而你從未知曉的情緒，曾經都想讓你知道。

更重要的是，想和你道謝，

謝謝你在這個過程中，讓我變成了更好的人。

你相信嗎？你在尋找的人，也正在尋找你。

後記

文字於我而言是浪漫的，它就在那裡，
讓讀得懂也願意讀懂的人懂，無論是什麼，終能有所獲得。

關於找尋、關於重組、關於那些連自己都不夠愛自己的日子，這是
一本記錄這些的書。

三月底，我記得還有點涼，但我特別喜歡這樣的天氣，雖然常常穿錯衣服出門。那時候我仍然在與《刑法》生死搏鬥，每日載浮載沉的，直到某一天，收到了來自編輯的出版邀請。我反反覆覆地看了那封郵件好幾次，想再三確認自己是不是還在夢裡，直到朋友受不了跟我說：「這是真的！妳真的要美夢成真了！」我才意識到，這個被我拽在懷裡多年的夢想要成真了。其實到現在我還是有點不可置信。

說起與文字的淵源，大概從國小開始，每週藍女士都會帶著我和弟妹去圖書館和文化局借書，我常常埋頭於書中度過一天。後來有幸，在作文班的作品被放在文化局展覽，那是我第一次覺得，原來寫作真的可以使人快樂，使人找尋到自己的價值。國中開始，會和同學一起寫一些小說連載，我們都會用黃色的便利貼在彼此的作品下留下心得，畢業的時候，還從導師那裡拿回了大概五、六本被沒收的筆記本。

就這樣一路到二〇一三年，開始在網路上用文字記錄生活和心情，直至今日。除了生活的瑣碎和情緒的宣洩，也記錄了許多工作六年來與病人的趣事和從中得到的體悟。最感謝的人還是我的父母，特別是藍女士，感謝她讓我來到這個世間體會這一切，還有一路上來來去去的人們，因為他們的存在，讓我編織了截至目前，這不長不短的人生。

在整理過往的文字紀錄，還有書寫的過程，其實是很掙扎的。雙子座的我是個矛盾的個體，有個巨大的缺點就是喜歡自我懷疑，總是一邊做，又一邊卻步。自我揭露、分享內心深處的想法，讓我感到赤裸、無所適從，也擔心自己給出的一切不是別人想要的，不是別人喜歡的。因為身為長姊，被傳統社會的枷鎖套牢，至今這二十七年，我時常是活在他人的期待下的，所以出版這件事也莫名地成為了一種壓力源。但我還是將這些文字好好地交到出版社手裡了，所以也特別地感謝自己。

感謝我的家人，感謝始終愛著我、給我力量的人，感謝一路上的經歷，無論快樂、痛苦。感謝不離不棄，也感謝離去，感謝我還能夠是這個自己，永遠被愛包圍，永遠擁有給予以及接收的能力。

最重要的是，願你們平安，願你們健康，願你們無論如何都能一直擁有快樂。

不要讓那些風雨消耗自己太多，你一直都值得好的對待。

最後感謝我的編輯芳琪，還有出版社。謝謝妳看見了我，也讓我有機會可以被更多人找到。願所有看見這些的你們都能在這本書裡找到什麼，無論共鳴、無論感悟、無論陪伴，什麼都好，有得到些什麼都是很好的事。

然後，過來抱一下，希望很快能再與你們相見。

晚安，晚安，願你有個好夢。

星叢

過來抱一下

2024年2月初版　　定價：新臺幣340元
2024年3月初版第三刷

著者　忘遇珍
叢書編輯　杜芳琪
校對　胡君安
內文排版　菩薩蠻
封面設計　鄭婷之

副總編輯　陳逸華
總編輯　涂豐恩
總經理　陳芝宇
社長　羅國俊
發行人　林載爵

出版者　聯經出版事業股份有限公司
地址　新北市汐止區大同路一段369號1樓
叢書編輯電話　(02)86925588轉5394
台北聯經書房　台北市新生南路三段94號
電話　(02)23620308
郵政劃撥帳戶第0100559-3號
郵撥電話　(02)23620308
印刷者　文聯彩色製版印刷有限公司
總經銷　聯合發行股份有限公司
發行所　新北市新店區寶橋路235巷6弄6號2樓
電話　(02)29178022

行政院新聞局出版事業登記證局版臺業字第0130號

本書如有缺頁，破損，倒裝請寄回台北聯經書房更換。　ISBN 978-957-08-7256-9 (平裝)
聯經網址：www.linkingbooks.com.tw
電子信箱：linking@udngroup.com

國家圖書館出版品預行編目資料

過來抱一下忘遇珍著．初版．新北市．聯經．2024年
2月．276面．14.8×21公分（星叢）
ISBN 978-957-08-7256-9（平裝）
[2024年3月初版第三刷]

863.55 112022637